O MUNDO DE ROCANNON

URSULA K. LE GUIN

O MUNDO DE ROCANNON

URSULA K. LE GUIN

Coleção Ciclo de Hainish

Tradução
Heci Regina Candiani

MORROBRANCO
EDITORA

O Mundo de Rocannon

MORRO BRANCO é uma editora do Grupo Editorial Alta Books (Starlin Alta Editora e Consultoria Ltda.)

ISBN: 978-65-6099-019-7

Impresso no Brasil — 1ª Edição, 2025 — Edição revisada conforme o Acordo Ortográfico da Língu Portuguesa de 2009.

Dados Internacionais de Catalogação na Publicação (CIP)
(BENITEZ Catalogação Ass. Editorial, MS, Brasil)

L467m
1.ed. Le Guin, Ursula K., 1929-2018
O mundo de Rocannon / Ursula K. Le Guin ; tradução Heci Regina Candiani. – 1.ed. – Rio de Janeiro : Morro Branco, 2025.
192 p.; 13,5 x 21 cm.

Título original: Rocannon's world.
ISBN 978-65-6099-019-7

1. Ficção científica norte-americana. 2. Ficção de fantasia. I. Candiani, Heci Regina. II. Título.

08-2024/112 CDD 813.0876

Índice para catálogo sistemático:
1. Ficção científica : Literatura norte-americana 813.0876
Aline Graziele Benitez – Bibliotecária – CRB-1/3129

Produção Editorial: Grupo Editorial Alta Books
Diretor Editorial: Anderson Vieira
Vendas Governamentais: Cristiane Mutüs
Gerência Comercial: Claudio Lima

Coordenadora Editorial: Illysabelle Trajano
Produtora Editorial: Luana Maura
Tradução: Heci Regina Candiani
Copidesque: Nestor Turano Jr.
Revisão: Ana Beatriz Omuro & Tomoe Moroizumi
Diagramação: Diego Santos

ALTA BOOKS
GRUPO EDITORIAL

Rua Viúva Cláudio, 291 — Bairro Industrial do Jacaré
CEP: 20.970-031 — Rio de Janeiro (RJ)
Tels.: (21) 3278-8069 / 3278-8419
www.altabooks.com.br — altabooks@altabooks.com.br
Ouvidoria: ouvidoria@altabooks.com.br

Editora afiliada à:

Para Jean, que foi na frente

INTRODUÇÃO A

O MUNDO DE ROCANNON
Ursula K. Le Guin
(1977)

Quando decidi escrever meu primeiro romance de ficção científica, em meados dos anos 1960 e em meados da casa dos meus trinta anos, já havia escrito vários romances, mas nunca inventado um planeta. É uma empreitada misteriosa essa de criar mundos com palavras. Espero poder dizer, sem faltar com respeito, que quem já fez isso entende por que Jeová tirou o domingo de folga. Olhando para trás, para esse meu primeiro esforço, consigo perceber a timidez, a imprudência e a sorte de principiante de aprendiz de demiurgo.

Quando me pedem para "definir a diferença entre fantasia e ficção científica", balbucio, resmungo e sempre acabo falando sobre o espectro, esse espectro muito útil, ao longo do qual uma coisa se confunde com a outra. Definições são para a gramática, não para a literatura, digo, e caixas são para ossos. Mas é claro que fantasia e ficção científica são diferentes, assim como vermelho e azul são diferentes; são frequências diferentes, e se você as mistura (no papel, eu trabalho no papel) obtém o roxo, novamente uma outra coisa. *O mundo de Rocannon* é, definitivamente, roxo.

Eu sabia muito pouco sobre ficção científica quando o escrevi. Lera muita ficção científica, no início dos anos 1940 e início dos 1960, e era categoricamente tudo o que conhecia a respeito: as histórias e os romances que havia lido. Não eram muitas as pessoas que sabiam muito mais sobre ficção científica em 1964. Muitas haviam lido mais, e havia o *fandom*; mas muito poucos além de James Blish e Damon Knight *pensavam* bastante sobre ficção científica. Ela era resenhada em fanzines, como logo descobri, e em pouquíssimos, principalmente a SFR e a ASFR, faziam críticas; fora das revistas de ficção científica, ela raramente era resenhada e nunca recebia críticas. Não era estudada. Não era ensinada. Não havia escolas, em nenhum sentido. Não havia teorias; apenas as opiniões dos editores. Não havia estética. Tudo isso (a *New Wave*, a descoberta acadêmica, a Clarion, as teses, as contrateses, os periódicos de crítica, os livros teóricos, as grandes palavras, os experimentos emocionantes) estava prestes a cair sobre nós, por assim dizer, mas ainda não havia caído, ou pelo menos não tinha chegado ao meu remanso. Tudo o que eu sabia era que havia um gênero de revista e de livro rotulado de FC pelos editores, categoria na qual eu havia caído, impulsionada por uma mescla de sincronicidade e desespero.

Então, lá estava eu, finalmente sendo publicada, e esperava-se que eu estivesse escrevendo ficção científica. Como?

Acho que já deve ter existido um ou dois livros sobre como escrever FC, mas sempre evitei todos esses manuais desde que fui exposta a um curso de Escrita Criativa em Harvard e percebi que era alérgica à Escrita Criativa. Como se escreve ficção científica? *Quem sabe*?, gritou o demiurgo, animado, e começou a escrevê-la.

Demi aprendeu algumas coisas desde então. Todos aprendemos. Uma coisa que ele aprendeu (se as Musas são do sexo feminino, imagino que demiurgos são do sexo masculino) foi que vermelho é vermelho e azul é azul, e se você quer vermelho ou azul, não os misture. Há muita mistura promíscua acontecendo em *O mundo de Rocannon*. Temos naves QUAVEL[1] e SL, também temos o colar de Brisingamen[2], corcéis-de-vento e alguns anjos imbecis. Temos uma vestimenta extremamente útil chamada impermaveste, resistente a "elementos externos, temperaturas extremas, radioatividade, choques e golpes de velocidade e peso moderados, como o impacto de espadas ou projéteis", e dentro da qual o usuário morreria sufocado em cinco minutos. A impermaveste é um bom exemplo do ponto em que fantasia e ficção científica *não* se fundem graciosamente. Um símbolo da fantasia coletiva, o Manto de Proteção (invisibilidade etc.), é enfeitado com certa verborragia pseudocientífica e uma pitada de descrição vívida, e dissimulado como uma maravilha da Tecnologia do Futuro. Isso pode ser feito com sucesso se o símbolo for profundo o suficiente (A *Máquina do Tempo* de Wells), mas se for algo meramente decorativo ou conveniente, é trapaça. Avilta tanto o símbolo quanto a

1 As naves QUAVEL pertencem à obra *Floresta é o nome do mundo* (também publicado pela Morro Branco), que é integrante do CICLO HAINISH. [N. E.]

2 A história de Semley, contada no "Prólogo", é inspirada na mitologia nórdica, em que Brisingamen é o nome do colar da deusa do amor, da beleza, da fertilidade, da guerra e do ouro, Freyja. O mito de Freyja aparece em inúmeros recontos na literatura mundial. [N. T.]

ciência, confunde possibilidade com probabilidade e acaba sem nenhuma das duas coisas. A impermaveste é um item de engenharia perdido, que você não encontrará em nenhum dos meus livros escritos depois de *O mundo de Rocannon*. Talvez tenha sido adotado pelas pessoas que andam nas Carruagens dos Deuses[3].

Esse tipo de coisa é imprudência de principiante, a gloriosa liberdade da ignorância. O mundo é meu, posso fazer qualquer coisa! Só que, é claro, não posso. Não só cada palavra de uma frase limita a escolha das palavras subsequentes, de modo que, ao final da frase, você tenha pouca ou nenhuma escolha, mas também (você entende o que quero dizer? Tendo dito "não só", devo agora dizer "mas também") cada palavra, frase, parágrafo, capítulo, personagem, descrição, discurso, invenção e evento em um romance determina e limita o restante do romance — mas não, não vou terminar esta frase como eu esperava, porque meu paralelo não é exato: a frase falada funciona apenas no tempo, enquanto o romance, que não é concebido ou dito de uma só vez, funciona nos dois sentidos, para a frente e para trás. O começo está implícito no fim, tanto quanto o fim no começo. (Não se trata de circularidade. Existem romances circulares fascinantes — *Finnegan's Wake, O arco-íris da gravidade, Dhalgren* —, mas, se todos os romances alcançassem ou mesmo tentassem a circularidade, os leitores de romances

---

3 A autora usa o termo "*Chariots of the Gods*", que é o título em inglês do livro de 1968 do autor suíço Erich von Däniken (publicado no Brasil como *Eram os deuses astronautas?*). No livro, o autor defende que diversas estruturas encontradas na Terra teriam sido construídas por seres alienígenas, entre elas os sulcos de rodas da ilha de Malta. Esses sulcos, escavados na rocha em linhas paralelas, como trilhos de trem, lembram a rota das vagonetas em que Semley é transportada pelo povo da argila no "Prólogo". [N. T.]

se rebelariam, com razão; o romance comum começa em um "lugar" e termina em outro, seguindo um padrão — linear, em zigue-zague, espiralado, em amarelinha, em trajetória — que tem o que o círculo, em sua perfeição, não tem: direção.) Cada parte molda todas as outras partes. Assim, mesmo na ficção científica, toda aquela maravilhosa liberdade de inventar mundos, criaturas, sexos e dispositivos, por volta da página 12 do manuscrito já se tornou estranhamente limitada. Você tem que ter certeza de que todas as coisas que inventou, mesmo que não as tenha mencionado ou pensado nelas, sejam coerentes; ou todas elas penderão separadas. À medida que a liberdade aumenta, também aumenta, infelizmente, a responsabilidade.

Quanto à timidez que mencionei, o excesso de cautela em explorar meu admirável mundo novo: embora eu tenha enviado meu protagonista, Rocannon, sem proteção (ele finalmente perde sua impermaveste) para o desconhecido, eu estava inclinada a me refugiar no que era de-fato-muito-bem-conhecido. O uso que faço de fragmentos da mitologia nórdica, por exemplo. Faltou-me a coragem da experiência, que diz: vá em frente, invente seu próprio maldito mito, acabará sendo um dos Antigos, de um jeito ou de outro. Em vez de recorrer ao meu próprio inconsciente, peguei emprestado da lenda. Não fez muita diferença, nesse caso, porque eu tinha ouvido mitos nórdicos antes mesmo de saber ler, e li *Os filhos de Odin* e mais tarde os Eddas muitas e muitas vezes, de modo que aquele mito foi uma influência formadora tanto em minha mente consciente quanto inconsciente (é por isso que odeio Wagner). Não estou realmente arrependida de ter tomado emprestado elementos nórdicos; certamente não lhes fez mal; mas ainda assim, Odin em uma impermaveste... É um pouco bobo. O empréstimo também interferiu na tentativa de exploração de minha própria mitologia pessoal, que este livro inaugurou. É por isso que Rocannon foi muito mais corajoso do que eu. Ele sabia muito bem que não era Odin, apenas uma parte de mim, e que meu trabalho era seguir na direção do terreno compartilhado e coletivo do mito, a raiz, a fonte — pela estrada que era apenas minha. É a única maneira de se chegar lá.

Timidez, novamente, no povoamento do meu mundo. Elfos e anões. Heróis e servos. Feudalismo dominado pelos homens. A terra do nunca da Idade do Bronze, da espada e da feitiçaria. Uma Liga dos Mundos. Eu ainda não sabia que a ciência da minha ficção seria principalmente a ciência social, a psicologia, a antropologia, a história etc., e que eu tinha de descobrir como usar tudo isso e trabalhar com afinco nisso também, porque ninguém mais havia feito muito nesse sentido. Eu simplesmente peguei o que veio à mão, a propulsão SL e a Idade do Bronze, e usei sem pensar muito, guardando a coragem da invenção real para puras fantasias: os entes alados, os corcéis-de-vento, os kiemhrir. Uma coragem menor, mas um deleite; que eu praticamente perdi. Você não pode levar tudo com você, à medida que avança.

Espero que não pareça que estou criticando o livro, ou pior, tentando neutralizar as críticas ao antecipá-las, um truque muito embaraçoso na Arte da Autodefesa Literária. Gosto deste livro. Como Bilbo, gosto de mais da metade dele, quase duas vezes mais do que ele merece. Certamente não o poderia escrever agora, mas posso lê-lo; e a distância de treze anos me permite ver, pacificamente, o que não é muito bom nele, e o que é — os kiemhrir, por exemplo, e

Semley, e algumas das coisas que Kyo diz, e aquele desfiladeiro onde eles acampam perto de uma cachoeira. E ele tem uma boa forma.

Permitam-me registrar minha sincera alegria pela supressão definitiva, nesta edição, dos erros tipográficos que, abundantes na primeira edição, vêm se multiplicando como gerbos desde então. Um deles — *Clayfish* para *Clayfolk* — chegou a ser traduzido para o francês. Os *Clayfolk* tornam-se, eufonicamente, *Argiliens*, mas o erro de impressão, "os escavadores *Clayfish*", tornou-se "ces poissons d'argilière qui fouissaient le sol"[4], que considero um dos grandes triunfos da racionalidade francesa a serviço da pura insanidade. Pode haver alguns erros de digitação nesta edição, mas estou ansiosa por eles. Pelo menos, com alguma sorte, serão novos.

4 "Os peixes de argila que cavavam o solo." [N. E.]

PRÓLOGO

O COLAR DE SEMLEY

Como é possível diferenciar a lenda do fato nesses mundos que se situam a tantos anos de distância? — planetas sem nome, chamados por seu povo simplesmente de Mundo, planetas sem história, nos quais o passado é a matéria do mito e um explorador, ao retornar, descobre que as próprias ações de alguns anos atrás se tornaram os gestos de um deus. A irracionalidade obscurece aquele intervalo de tempo atravessado por nossas naves na velocidade da luz e, no escuro, a incerteza e a desproporção crescem como ervas daninhas.

Na tentativa de contar a história de um homem, um cientista comum da Liga que foi até esse mundo sem nome, mais ou menos conhecido, não faz muitos anos, a pessoa se sente como uma arqueóloga entre ruínas milenares, avançando com esforço por um abafadiço emaranhado de folha, flor, galho e hera até a geometria imprevista e clara de uma roda ou de uma pedra angular polida, entrando em seguida por um portal comum, iluminado pelo sol, para encontrar do lado de dentro a escuridão, o impossível tremular de uma chama, a cintilação de uma joia, o movimento parcialmente vislumbrado do braço de uma mulher.

Como é possível diferenciar o fato da lenda, a verdade da verdade?

Por meio da história de Rocannon, a joia, a cintilação azul rapidamente avistada, retorna. Começamos com ela, aqui:

Área Galáctica 8, nº 62: Fomalhaut II.
Formas de vida de alta inteligência: Espécies contatadas:
Espécie I.

A) Gdemiar (singular gdem): altamente inteligente, trogloditas noturnos totalmente hominoides, 120-135cm de altura, pele clara, cabelos escuros. Quando contatados, esses habitantes das cavernas possuíam uma sociedade urbana oligárquica rigidamente estratificada e modificada por telepatia colonial parcial, e uma cultura tecnologicamente orientada para o Aço Antigo. A tecnologia avançou até o Ponto C, Industrial, durante a Missão da Liga de 252-254. Em 254, uma nave de comando automático (de/para Nova Georgia do Sul) foi apresentada aos oligarcas da comunidade da área do Mar de Kirien. Categoria C-Prioridade.

B) Fiia (singular fian): altamente inteligente, hominoide por completo, diurna, altura média c. 130 cm, os indivíduos observados geralmente são de pele e cabelos claros. Breves contatos indicaram aldeias e sociedades comunais nômades, telepatia colonial parcial, também alguma indicação de TC de curto alcance. A raça parece atecnológica e evasiva, com padrões culturais mínimos e fluidos. Atualmente não tributável. Categoria E-Pesquisar.

Espécie II.

Liuar (singular liu): altamente inteligente, hominoide por completo, diurna, altura média acima de 170cm, essa espécie tem uma cidadela/aldeia, sociedade de linhagem clânica, tecnologia estancada (Bronze) e cultura feudal-heroica. Notar a clivagem social horizontal em duas pseudorraças: a) olgyior, "plebeus", de pele clara e cabelos escuros; b) angyar, "nobres", muito altos, de pele escura e cabelo amarelo...

— É ela — falou Rocannon, erguendo os olhos do *Guia de bolso resumido das formas de vida inteligente* em direção à mulher altíssima, de pele escura e cabelos amarelos que estava no meio do comprido salão do museu. Ela estava parada e ereta, coroada por cabelos brilhantes, contemplando algo em uma vitrine expositora.

Ao redor dela, quatro anões nada atraentes não ficavam quietos.

— Não sabia que Fomalhaut II tinha toda aquela gente além dos troglos — disse Ketho, o curador.

— Eu também não. Tem até algumas espécies "não confirmadas" listadas aqui, com as quais nunca entraram em contato. Parece que é hora de uma missão de pesquisa mais completa ao lugar. Bem, agora pelo menos sabemos o que ela é.

— Eu queria que existisse um jeito de saber *quem* ela é...

Ela era de uma família antiga, descendente dos primeiros reis dos angyar e, apesar de toda a pobreza, o cabelo dela resplandecia o ouro puro, inflexível, de sua herança. Os pequenos, os fiia, curvavam-se quando ela passava por eles, mesmo quando ela era uma criança descalça correndo pelos campos, com o cometa claro e flamejante de seu cabelo abrilhantando os ventos turbulentos de Kirien.

Ela ainda era muito jovem quando Durhal, de Hallan, a viu, cortejou-a e levou-a para longe das torres em ruínas e dos salões expostos ao vento de sua infância para a casa alta que a ele pertencia. Em Hallan, na encosta da montanha, também não havia conforto, embora o esplendor perdurasse. As janelas não tinham vidro, os pisos de pedra não tinham tapetes; em um ano frio, podia-se acordar e ver a neve da noite em longas e baixas ondulações sob cada janela. A noiva de Durhal parava com os pés finos, descalços, no chão coberto de neve, trançando o fogo de seu cabelo e rindo para o jovem marido no espelho de prata pendurado no quarto deles. Aquele espelho e o vestido de noiva da mãe dele, bordado com mil cristais minúsculos, eram toda a riqueza que ele possuía. Alguns de seus parentes menos importantes em Hallan ainda tinham roupas de brocado nos armários, móveis de madeira dourada, arreios prateados para os corcéis, armaduras e espadas montadas em prata, joias e pedras preciosas — e para estas últimas a noiva de Durhal olhava com inveja, voltando os olhos para um diadema de pedras preciosas ou um broche de ouro mesmo quando quem usava o ornamento abria caminho para deixá-la passar, em respeito à sua posição de nascença e casamento.

Em quarto lugar a partir do Trono Alto do Salão de Festas de Hallan sentaram-se Durhal e sua noiva Semley, tão perto do senhor de Hallan que o velho amiúde servia vinho para Semley com a própria mão e falava de caça com o sobrinho e herdeiro Durhal, olhando para o jovem casal com um amor austero e desesperançado. A esperança dificilmente ocorria aos angyar de Hallan e de todas as Terras Ocidentais desde que os Senhores das Estrelas surgiram com suas casas que avançavam sobre colunas de fogo e suas horríveis armas capazes de aplainar as colinas. Eles tinham interferido em todos os costumes e guerras antigos, e, embora as somas fossem pequenas, era uma vergonha terrível para os angyar ter de lhes pagar um imposto, um tributo pela guerra do Senhor das Estrelas que havia de ser travada com algum inimigo estranho, em algum lugar no espaço vazio entre as estrelas, no fim dos anos.

— Esta guerra também será de vocês — disseram eles, mas agora já há uma geração que os angyar permanecem sentados, em vergonha ociosa, em seus salões de festa, observando suas espadas duplas enferrujarem e seus filhos crescerem sem nunca desferirem um golpe em batalha, enquanto suas filhas se casam com homens pobres, até mesmo plebeus, por não possuírem dotes de saques heroicos para atrair um marido nobre. O rosto do Senhor de Hallan ficava desolado quando ele observava o casal de cabelos claros e ouvia suas risadas enquanto bebiam vinho amargo e brincavam juntos na fortaleza fria, ruinosa e resplandecente da raça deles.

O rosto de Semley endurecia quando ela dirigia o olhar para o salão e via, nos assentos muito abaixo de si, inferiores até aos dos mestiços e dos plebeus, o lampejo e o clarão de pedras preciosas contra peles brancas e cabelos pretos. Ela mesma não trouxera nada como dote para o marido, nem mesmo um grampo de cabelo em prata. O vestido de mil cristais ela guardou em um baú para o dia do casamento de sua filha, se é que um dia a teria.

Tiveram uma filha e a chamaram de Haldre; quando a penugem em sua cabecinha marrom cresceu um pouco, resplandecia um dourado inquebrantável, herança das gerações nobres, o único ouro que ela algum dia possuiria...

Semley não conversava com o marido sobre seu descontentamento. Apesar de toda a gentileza que ele lhe dedicava, Durhal, em seu rígido orgulho senhorial, tinha apenas desprezo pela inveja, pelos desejos fúteis, e ela temia o desprezo do marido. Mas ela comentou com a irmã de Durhal, Durossa.

— Minha família já teve um grande tesouro — contou ela. — Era um colar todo de ouro, com a pedra preciosa azul incrustada no centro... safira?

Durossa balançou a cabeça, sorrindo, também sem saber o nome. Era o fim do ano quente, como os angyar do Norte chamavam o verão do ano de oitocentos dias, começando o ciclo de meses mais uma vez a cada equinócio; para Semley parecia um calendário insólito, um cálculo da plebe. Sua família estava no fim, mas era mais antiga e mais pura do que a raça de qualquer um daqueles moradores da fronteira noroeste, que se misturavam muito livremente com os olgyior. Ela estava sentada com Durossa sob a luz do sol diante de uma janela de pedra no alto da Grande Torre, onde ficava o aposento da mulher mais velha. Tendo enviuvado jovem, sem filhos, Durossa foi dada em segundo casamento ao Senhor de Hallan, irmão de seu pai. Por se tratar de um casamento entre parentes e o segundo casamento de ambos os lados, ela não recebeu o título de Senhora de Hallan, que Semley um dia deteria, porém sentava-se com o velho senhor no Trono e com ele governava seus domínios. Mais velha que Durhal, ela gostava da jovem esposa do irmão e estava fascinada com Haldre, o bebê de cabelos claros.

— Foi comprado — continuou Semley — com todo o dinheiro que meu antepassado Leynen obteve quando conquistou os Feudos do Sul... Todo o dinheiro de um reino, imagine, por uma joia! Oh, ela certamente ofuscaria qualquer coisa aqui em Hallan, até mesmo aqueles cristais parecidos com ovos de koob que seu primo Issar usa. Era tão linda que lhe deram um nome; chamavam-na de Olho do Mar. Minha bisavó a usava.

— Você nunca a viu? — perguntou a mulher mais velha, em tom indolente, olhando as encostas verdejantes para onde o verão longuíssimo enviava seus ventos quentes e agitados, que erravam entre as florestas e desciam em redemoinhos por estradas brancas até a costa distante.

— Ela foi perdida antes de meu nascimento.

— Os Senhores das Estrelas a levaram como imposto?

— Não, meu pai disse que foi roubada antes de os Senhores das Estrelas chegarem ao nosso reino. Ele não quis falar sobre isso, mas havia uma velha plebeia cheia de histórias que sempre me contou que os fiia saberiam onde a joia estava.

— Ah, os fiia eu gostaria de ver! — exclamou Durossa. — Eles estão em tantas músicas e contos; por que nunca vêm para as Terras Ocidentais?

— É alto demais, frio demais no inverno, acho. Eles gostam da luz do sol dos vales do sul.

— Eles são parecidos com o povo da argila?

— Pessoas desse povo nunca vi; elas se mantêm longe de nós, no sul. Não são brancas, como os plebeus, e malformadas? Os fiia são claros, parecem crianças, só que mais magros e mais sabidos. Ah, eu me pergunto se eles sabem onde está o colar, quem o roubou e onde o ladrão o escondeu! Pense só, Durossa… se eu pudesse entrar no Salão de Festas de Hallan e me sentar ao lado de meu marido com a riqueza de um reino em volta de meu pescoço, e ofuscar as outras mulheres como ele ofusca todos os homens!

Durossa inclinou a cabeça sobre a bebê, sentada examinando os dedos dos próprios pés em um tapete de pele entre a mãe e a tia.

— Semley é boba — murmurou ela para o bebê. — Semley, que brilha como uma estrela cadente, Semley, que tem um marido que não gosta de ouro, só do ouro dos cabelos dela…

E Semley, olhando para além das encostas verdejantes de verão na direção do mar distante, ficou em silêncio.

Mas quando outro ano frio se passou, os Senhores das Estrelas voltaram para coletar seus impostos para a guerra contra o fim do mundo — desta vez usando como intérpretes dois do povo da argila, que se pareciam com anões, e isso deixou todos os angyar humilhados a ponto de se rebelarem… E outro ano quente também se passou. Haldre tornou-se uma criança adorável e tagarela e, certa manhã, Semley a levou ao quarto ensolarado de Durossa na torre. A mulher usava um velho manto azul e o capuz cobria seus cabelos.

— Fique com Haldre nestes poucos dias, Durossa — pediu ela, depressa e com calma. — Estou indo para o sul, para Kirien.

— Para ver seu pai?

— Para procurar minha herança. Seus primos do feudo de Harget têm provocado Durhal. Até mesmo aquele mestiço Parna consegue atormentá-lo, porque a esposa de Parna tem uma colcha de cetim para a cama, um brinco de diamante e três vestidos, a vadia inútil de cabelo preto! Enquanto a esposa de Durhal deve remendar o próprio vestido...

— O orgulho de Durhal está na esposa que tem ou no que ela veste?

Mas Semley não era de mudar de ideia.

— Os Senhores de Hallan estão se tornando homens pobres em seu próprio salão. Vou levar meu dote para o meu senhor, como alguém de minha linhagem deveria fazer.

— Semley! Durhal sabe que você está indo?

— Meu retorno será feliz... isso você pode dizer a ele — afirmou a jovem Semley, por um instante interrompendo o riso alegre. Então ela baixou a cabeça para beijar a filha, virou-se e, antes que Durossa pudesse dizer algo, partiu como um vento rápido sobre os pisos de pedra iluminada pelo sol.

Entre os angyar, as mulheres casadas nunca usavam montarias por diversão, e Semley não saía de Hallan desde seu casamento; então agora, montando a sela alta de um corcel-do-vento, ela se sentia como uma menina outra vez, como a donzela selvagem que fora, cavalgando corcéis um tanto esgotados ao vento do norte sobre os campos de Kirien. A besta que agora a levava ao sopé das colinas de Hallan era de raça mais refinada, cuja pelagem listrada se ajustava reluzente sobre os ossos ocos e leves, os olhos verdes semicerrados contra o vento, as asas leves e poderosas subindo e descendo para ambos os lados de Semley, revelando e escondendo, revelando e escondendo, as nuvens acima e as colinas abaixo.

Na terceira manhã, ela chegou a Kirien e se achou novamente na corte em ruínas. Seu pai havia bebido a noite toda e, como nos velhos tempos, a luz do sol da manhã entrava pelos tetos demolidos e o incomodava. A visão da filha só aumentou sua irritação.

— Por que está de volta? — grunhiu o pai, os olhos inchados lançando-se sobre ela e sobre o vazio. O cabelo de fogo de quando ele era jovem se apagara, e fios grisalhos emaranhavam-se sobre a cabeça.

— Como o jovem Halla não se casou com você, voltou escondida para casa?

— Sou a esposa de Durhal. Vim buscar meu dote, pai.

O bêbado grunhiu de desgosto, mas ela riu dele de um jeito tão delicado que ele teve de olhá-la mais uma vez, com expressão de desagrado.

— É verdade, pai, que os fiia roubaram o colar Olho do Mar?

— Como vou saber? Histórias antigas. A coisa estava perdida antes de eu nascer, acho. Quem dera eu não tivesse nascido. Pergunte aos fiia, se você quer saber. Vá até eles, volte para o seu marido, me deixe em paz aqui. Não tem espaço para garotas e ouro e todo o resto dessa história em Kirien. Aqui é o fim da história, este é o lugar demolido, este é o salão vazio. Os filhos de Leynen estão todos mortos, seus tesouros estão todos perdidos. Siga seu caminho, garota.

Grisalho e inchado como teias de casas em ruínas, ele se virou e caminhou mancando em direção aos porões onde se escondia da luz do dia.

Guiando o corcel-do-vento de Hallan, Semley deixou sua antiga casa e desceu a colina íngreme a pé, passando pela aldeia dos plebeus, que a saudaram com respeito taciturno, e seguiu por campos e pastagens onde os grandes herilores semisselvagens, de asas cortadas, pastavam rumo a um vale verde que parecia uma tigela pintada e cheia de luz do sol até a borda. No fundo do vale ficava a aldeia dos fiia, e enquanto ela descia, guiando o corcel, as pessoas pequenas e frágeis saíam correndo de cabanas e quintais em sua direção, rindo e gritando com vozes fracas e finas.

— Salve a noiva de Halla, a senhora de Kirien, a carregada pelo vento, Semley, a Encantadora!

Os plebeus davam-lhe nomes adoráveis, e ela gostava de ouvi-los, sem sequer se importar com o riso deles, pois riam de tudo o que diziam. Aquele também era o jeito dela, falar e rir. Semley postou-se, orgulhosa, sob seu longo manto azul, em meio à acolhida vertiginosa do povo.

— Salve, povo da luz, habitantes do sol, fiia, amigos dos homens!

Eles a conduziram para o interior da aldeia e a levaram a uma de suas casas arejadas, com as criancinhas correndo atrás. Não havia como dizer a idade de um fian quando ele crescia; quando se moviam, velozes iguais a mariposas ao redor de uma vela, era difícil até mesmo distinguir um do outro e ter certeza de que se falava sempre com a mesma pessoa. Mas aparentemente um fian conversou com Semley por algum tempo, enquanto os outros alimentavam e acariciavam o corcel, e traziam água para ela beber e tigelas de frutas das pequenas árvores em seus quintais.

— Nunca que os fiia roubariam o colar dos Senhores de Kirien! — gritou o homenzinho. — O que os fiia fariam com ouro, Senhora? Nós temos a luz do sol no ano quente e a lembrança da luz do sol no ano frio; a fruta amarela, as folhas amarelas no fim da estação, os cabelos louros de nossa senhora de Kirien; nenhum outro ouro.

— Então foi algum plebeu que roubou aquela coisa?

Um riso longo e fraco a circundou.

— Como um plebeu ousaria? Oh, Senhora de Kirien, como a grande joia foi roubada nenhum mortal sabe, nenhum homem, nem plebeu nem fiia, nem qualquer um entre os sete povos. Apenas mentes mortas sabem como ela foi perdida, há muito tempo, quando Kireley, o Orgulhoso, cuja bisneta é Semley, caminhou sozinho pelas cavernas do mar. Mas talvez ela possa ser encontrada entre os inimigos do sol.

— O povo da argila?

Uma gargalhada mais alta, nervosa.

— Sente-se conosco, Semley dos cabelos de sol, que voltou para nós vinda do Norte. — Ela se sentou para comer, e os plebeus ficaram tão contentes com sua afabilidade quanto Semley com a deles. Mas quando a ouviram repetir que iria até o povo da argila para encontrar sua herança, se lá estivesse, não começaram a rir, e pouco a pouco um número menor deles permanecia à sua volta. Enfim, ela ficou sozinha com aquele com quem, talvez, havia conversado antes da refeição.

— Não ande entre o povo da argila, Semley — aconselhou ele, e por um instante o coração dela parou de bater. O fian, passando a mão devagar sobre os próprios olhos, havia escurecido tudo ao redor deles. A fruta ficou branca-acinzentada no prato, todas as tigelas de água limpa ficaram vazias. — Nas montanhas da terra longínqua, fiia e gdemiar se separaram. Nós nos separamos há muito tempo — disse o homem frágil e imóvel. — Antigamente éramos unidos. O que nós não somos, eles são. O que nós somos, eles não são. Pense na luz do sol, na grama e nas árvores que dão frutos, Semley, pense que nem todas as estradas que levam para baixo também levam para cima.

— A minha não leva nem para baixo nem para cima, gentil anfitrião, mas sim diretamente à minha herança. Irei até onde ela estiver e voltarei com ela.

O fian curvou-se, rindo um pouco.

Fora da aldeia, ela montou no corcel-do-vento listrado e, dando adeus em resposta ao adeus deles, ergueu-se no vento da tarde e voou para o sudoeste em direção às cavernas nas costas rochosas do Mar de Kirien.

Ela temia que talvez tivesse de caminhar muito por dentro daqueles túneis-cavernas para encontrar as pessoas que procurava, pois dizia-se que o povo da argila nunca saía de suas cavernas à luz do sol e que temia até mesmo a Grande Estrela e as luas. Foi uma longa viagem; ela pousou uma vez para deixar o corcel caçar ratos de árvores enquanto ela comia um pouco do pão do alforje. Agora, o pão estava duro e seco e tinha gosto de couro, mas guardava um leve sabor de frescor, de modo que, por um instante, comendo-o sozinha em uma clareira das florestas do sul, ela ouviu o tom baixo de uma voz e viu o rosto de Durhal voltado para o seu à luz das velas de Hallan. Por um momento, ficou sonhando acordada com aquele rosto jovem, severo e vívido, e com o que lhe diria quando voltasse para casa, com um reino resgatado em volta do pescoço:

— Eu queria uma dádiva digna de meu marido, Senhor…

Então Semley seguiu, mas, quando alcançou a costa, o sol havia se posto, com a Grande Estrela sumindo atrás dele. Um vento forte veio do Oeste, soprando em rajadas e redemoinhando, e o corcel-do-vento ficou cansado de enfrentá-lo. Ela o deixou pousar na areia. No mesmo instante ele dobrou as asas e enrolou os membros firmes e leves sob o corpo, soltando um ronronar. Semley parou, segurando o manto na frente do colo e acariciando o pescoço do corcel, que sacudiu as orelhas e ronronou de novo. O pelo quente confortava a mão dela, mas tudo o que seus olhos alcançavam era o céu cinza manchado de nuvens, o mar cinzento, a areia escura. Então, correndo pela areia, uma criatura baixa e escura… outra… um grupo delas, atarracadas, correndo e parando.

Semley chamou-as em voz alta. Embora, ao que tudo indicava, não a tivessem visto, em um instante estavam todas à sua volta. Mantiveram distância do corcel, que havia parado de ronronar e estava com o pelo um pouco eriçado sob a mão de Semley. Ela lhe tomou as rédeas, contente com sua proteção, mas temendo a ferocidade nervosa que a criatura poderia exibir. O povo estranho ficou em silêncio, observando, com os pés grossos e descalços plantados na areia. Não havia como errar: eram da altura dos fiia e, em tudo mais, uma sombra, uma imagem preta daquele povo sorridente. Nus, atarracados, firmes, com cabelos pretos e lisos, e pele branco-acinzentada, úmida, com pele de larvas; olhos de pedra.

— Vocês são o povo da argila?

— Gdemiar é o que somos, o povo dos Senhores dos Reinos da Noite. — A voz era surpreendentemente alta e profunda, e ecoou presunção no crepúsculo salino em meio à ventania, mas, como acontecera com os fiia, Semley não tinha certeza de qual deles havia falado.

— Eu os saúdo, Senhores da Noite. Sou Semley de Kirien, esposa de Durhal de Hallan. Vim até vocês em busca de minha herança, o colar chamado Olho do Mar, há muito tempo perdido.

— Por que o procura aqui, angya? Aqui só há areia, sal e noite.

— Porque coisas perdidas são conhecidas em lugares profundos — respondeu Semley, bastante preparada para uma jogada astuta —, e o ouro que veio da terra tem um jeito de voltar à terra. E às vezes a criação, segundo dizem, retorna ao criador. — Este último lance foi um palpite; ela acertou em cheio.

— É verdade, conhecemos o Olho do Mar de nome. Foi feito em nossas cavernas há muito tempo e o vendemos aos angyar. E a pedra azul veio dos Campos da Argila de nossos parentes do leste. Mas essas são histórias muito antigas, angya.

— Posso ouvi-las nos lugares onde são contadas?

As pessoas atarracadas ficaram em silêncio por um instante, como se estivessem em dúvida. O vento cinzento soprou por sobre a areia, escurecendo à medida que a Grande Estrela se punha; o som do mar se elevava e diminuía. A voz profunda falou outra vez:

— Sim, senhora dos angyar. Você pode entrar nos salões profundos. Agora, venha conosco. — Havia um tom diferente em sua voz, de adulação. Semley não quis dar ouvidos a isso. Seguiu os homens da argila pela areia, guiando com rédeas curtas seu corcel de garras afiadas.

Na entrada da caverna — uma boca desdentada e bocejante de onde saía um bafo malcheiroso —, um dos homens da argila falou:

— A besta do ar não pode entrar.

— Pode — respondeu Semley.

— Não — disseram as pessoas atarracadas.

— Sim, não vou deixar que fique aqui. Ele não é meu para ser deixado. E não vai prejudicar vocês, contanto que eu segure as rédeas.

— Não — repetiram vozes profundas, mas outras interromperam:

— Como quiser. — E depois de um instante de hesitação, prosseguiram. A boca da caverna pareceu se fechar atrás deles, tamanha a escuridão que existia sob a pedra. Avançavam em fila única, Semley era a última.

A escuridão do túnel foi dando lugar à luz, e todos ficaram sob uma bola de fogo branco suspensa na cobertura. Mais adiante havia outra, e outra; entre elas, longos vermes pretos pendurados em festões na rocha. À medida que avançavam, esses globos de fogo ficavam mais próximos uns dos outros, de modo que todo o túnel estivesse iluminado com uma luz brilhante e fria.

Os guias de Semley pararam na bifurcação de três túneis, todos bloqueados por portas que pareciam ser de ferro.

— Vamos aguardar, angya — disseram, e oito deles ficaram com ela enquanto outros três abriam uma das portas, atravessando-a. A porta se fechou em seguida com um estrondo.

Altiva e imóvel, a filha dos angyar permaneceu sob a luz branca e pálida das luminárias, o corcel-do-vento agachado ao lado, sacudindo a ponta da cauda listrada, e com as grandes asas dobradas agitando-se sem parar, no vidente impulso de alçar voo. No túnel atrás de Semley, os oito homens da argila acocoraram-se, murmurando um para o outro em suas vozes profundas, na própria língua.

A porta central abriu com um estrondo.

— Deixem a angya entrar no Reino da Noite! — gritou uma nova voz, estrondosa e arrogante. Um homem da argila que usava algumas roupas sobre o corpo firme e cinzento estava na porta acenando para ela. — Entre e contemple as maravilhas de nossas terras, as maravilhas feitas por nossas mãos, as obras dos Senhores da Noite!

Calada, dando um puxão nas rédeas do corcel, Semley abaixou a cabeça e o seguiu pela passagem feita para anões. Outro túnel luminoso se estendia pela frente, as paredes úmidas ofuscantes sob luz branca, mas, em vez de uma trilha para caminhada, o piso trazia duas barras de ferro polido avançando lateralmente até onde ela conseguia avistar. Nas barras havia um tipo de vagoneta com rodas de metal. Obedecendo aos gestos do novo guia, sem hesitação e sem nenhum sinal de espanto no rosto, Semley entrou na vagoneta e fez o corcel se agachar a seu lado. O homem da argila entrou e se sentou à sua frente, movendo barras e rodas. Fez-se um ruído alto de trituração e um gemido de metal contra metal, e logo as paredes do túnel começaram a ficar para trás. Cada vez mais rápido, as paredes deslizaram até que os globos de fogo no alto se transformaram em um borrão e o ar sufocante e quente tornou-se um vento fétido, soprando para trás o capuz sobre seu cabelo.

A vagoneta parou. Semley seguiu o guia pelos degraus de basalto que davam em uma ampla antessala e depois em um salão ainda mais amplo, esculpido por águas antigas ou aberto na rocha por escavadores do povo da argila; aquela escuridão que nunca viu a luz do sol era iluminada pelo brilho inquietante e frio dos globos. Em grades recortadas nas paredes, enormes pás giravam de maneira incessante, trocando o ar abafado. O grande espaço fechado zunia e ressoava o barulho, as vozes altas do povo da argila, o rangido, o uivo estridente e a vibração das pás e rodas giratórias, o ecoar e reecoar de tudo isso na rocha. Ali, todas as figuras atarracadas do povo da argila estavam vestidas com roupas que imitavam as dos Senhores das Estrelas — calças divididas, botas macias e túnicas com capuz — embora as poucas mulheres à vista, anãs servis e apressadas, estivessem nuas. Entre os homens, muitos eram soldados, portando nos flancos armas no formato dos terríveis lançadores de luz dos Senhores das Estrelas, embora até mesmo Semley pudesse perceber que eram meros bastões de ferro forjados. O que ela via, via sem olhar. Seguia para onde era levada, sem virar a cabeça nem para a esquerda nem para a direita. Quando chegou diante de um grupo de pessoas da argila — cada uma delas com diademas de ferro nos cabelos pretos —, o guia se deteve, fez uma mesura e bradou:

— Os Grandes Senhores dos gdemiar!

Eram sete, e todos a olhavam com tanta arrogância nos rostos cinzentos e irregulares que ela quis rir.

— Venho a vocês em busca do tesouro perdido de minha família, ó Senhores do Reino das Trevas — disse-lhes ela, em tom solene. — Busco o prêmio de Leynen, o Olho do Mar. — Sua voz soava fraca no burburinho da imensa abóbada.

— Assim anunciaram nossos mensageiros, Senhora Semley. — Dessa vez, ela pôde identificar quem falara, este ainda mais baixo que os demais, mal alcançando a altura do torso de Semley, e cujo rosto era branco, poderoso e feroz. — Não temos essa coisa que você procura.

— Certa vez o tiveram, é o que dizem.

— Muitas coisas são ditas lá em cima, onde o sol bruxuleia.

— E as palavras são levadas pelos ventos, onde há ventos para soprar. Não pergunto como o colar foi perdido para nós e voltou para vocês, seus antigos criadores. Essas são velhas histórias, velhos rancores. Só procuro encontrá-lo agora. Vocês já não o têm, mas talvez saibam onde está.

— Não está aqui.

— Então, está em outro lugar.

— Está onde você não pode chegar. Nunca, a menos que nós a ajudemos.

— Então me ajudem. Peço isso como sua convidada.

— É o que dizem: *os angyar tomam, os fiia dão, os gdemiar dão e tomam.* Se nós fizermos isso por você, o que você vai nos dar?

— Meus agradecimentos, Senhor da Noite.

Ela se postava altiva e radiante entre eles, sorrindo. Todos a fitaram com uma admiração pesada e relutante, um anseio soturno.

— Ouça, angya, este é um grande favor que nos pede. Você não sabe quão grande é esse favor. Você não pode entender. Você é de uma raça que não compreende, que não se preocupa com nada além de montar corcéis-do-vento, cultivar plantações, lutar com espadas e gritar em bandos. Mas quem fez suas espadas com o aço certo? Nós, os gdemiar! Seus senhores vêm a nós, aqui e nos Campos da Argila, compram suas espadas e vão embora sem olhar, sem entender. Mas você está aqui agora, você vai olhar, você pode ver algumas de nossas maravilhas infinitas, as luzes que queimam eternamente, o carro que se impulsiona sozinho, as máquinas que fazem nossas roupas, cozinham nossa comida, suavizam nosso ar e nos servem para todas as coisas. Saiba que todas essas coisas estão além de sua compreensão. E saiba mais: nós, os gdemiar, somos amigos daqueles que vocês chamam de Senhores das Estrelas! Nós viemos com eles para Hallan, para Reohan, para Hul-Orren, para todos os castelos de vocês, para ajudá-los a falar com vocês. Os senhores a quem vocês, os orgulhosos angyar, pagam impostos, são nossos amigos. Eles nos fazem favores como nós fazemos favores a eles! Portanto, o que o seu agradecimento significa para nós?

— Essa pergunta cabe a vocês responder — declarou Semley —, não a mim. Eu fiz a minha pergunta. Responda-a, Senhor.

Por um momento, os sete conferenciaram juntos, usando de palavras e silêncios. Eles a fitavam e desviavam o olhar, murmuravam e calavam-se. Uma multidão se juntou em torno deles, atraída de maneira lenta e silenciosa, um a um, até que Semley ficasse cercada por centenas de cabeças escuras emaranhadas, e todo o chão da grande caverna ressonante estivesse tomado por pessoas, exceto por um pequeno espaço diretamente ao redor dela. O corcel-do-vento estava trêmulo devido ao medo e à irritação contidos por muito tempo, e seus olhos estavam muito arregalados, pálidos, como os de um corcel forçado a voar durante a noite. Ela acariciou o pelo quente de sua cabeça, sussurrando:

— Silêncio agora, valente e astuto senhor do vento...

— Angya, vamos levá-la ao local onde está o tesouro. — O homem da argila, de rosto branco e coroa de ferro, voltou-se para ela mais uma vez. — Mais do que isso não podemos fazer. Você deve vir conosco para reivindicar o colar onde ele se encontra, àqueles que o guardam. A besta do ar não pode vir com você. Você deve vir sozinha.

— Qual é a distância da viagem, Senhor?

Os lábios dele se retraíam cada vez mais.

— É uma viagem muito longa, Senhora. No entanto, vai durar apenas uma longa noite.

— Agradeço a cortesia. Meu corcel será bem cuidado durante esta noite? Nenhum mal deve suceder a ele.

— Ele vai dormir até você voltar. Você terá montado um corcel-do-vento ainda maior quando voltar a ver este animal! Não vai perguntar para onde a levaremos?

— Podemos iniciar logo a viagem? Eu não ficaria muito tempo longe de meu lar.

— Sim. Em breve. — Seus lábios cinzentos voltaram a se expandir enquanto observava o rosto dela.

O que se passou nas horas seguintes, Semley não poderia ter contado; foi tudo apressado, confuso, barulhento e estranho. Enquanto ela segurava a cabeça de seu corcel, um homem da argila enfiou uma longa agulha na coxa de listras douradas da criatura. Ela quase gritou diante da visão, mas o corcel apenas se contraiu e em seguida, ronronando, adormeceu. Ele foi levado por um grupo de pessoas da argila que claramente tinha de reunir toda a sua coragem para tocar no pelo quente. Depois, Semley teve de observar uma agulha sendo cravada no próprio braço — talvez para testar sua coragem, pensou, pois não pareceu fazê-la dormir; embora não tivesse certeza. Houve momentos em que ela teve de viajar nas vagonetas sobre trilhos, passando por portas de ferro e centenas de cavernas abobadadas; uma vez a vagoneta passou por uma caverna que se estendia para os dois lados, imensurável, no escuro, e toda aquela escuridão estava cheia de grandes bandos de herilor. Ela podia ouvir seus arrulhos, seus chamados roucos, e vislumbrar a revoada sob as luzes dianteiras da carroça; então viu alguns mais claramente na luz branca e percebeu que todos eram desprovidos de asas, além de serem cegos. Diante da cena, fechou os olhos. Mas houve mais túneis para percorrer e mais cavernas, mais corpos cinzentos desajeitados, rostos ferozes e vozes prepotentes estrondosas até que por fim, de repente, a levaram para o ar livre. Era noite alta; ela ergueu o olhar alegre para as estrelas e a única lua brilhando, a pequena Heliki reluzindo no Oeste. Mas os homens da argila ainda estavam ao seu redor, fazendo-a entrar agora em um tipo diferente de vagoneta ou caverna, ela não sabia exatamente qual. Era pequena, cheia de luzinhas piscando como as de velas, muito estreita e iluminada depois das grandes cavernas úmidas e da noite estrelada. Então outra agulha foi fincada em sua pele, e eles lhe disseram que ela teria de ser amarrada pela cabeça, pelas mãos e pelos pés em um tipo de cadeira longa.

— Não aceito — falou Semley.

Mas ao reparar que os quatro homens da argila que seriam seus guias se deixaram amarrar primeiro, ela se submeteu. Os outros foram embora. Ouviu-se um estrondo e um longo silêncio; um grande peso que não podia ser visto a oprimia. De repente, não havia peso nem som, absolutamente nada.

— Estou morta? — perguntou Semley.

— Ah, não, Senhora — respondeu uma voz que a desagradou.

Ao abrir os olhos, viu o rosto branco curvado sobre si, os lábios largos retraídos, os olhos que pareciam pedrinhas.

As amarras haviam caído, e ela deu um salto. Estava livre do peso, do corpo; sentia-se como uma onda de terror ao vento.

— Não vamos machucá-la — disse a voz, ou seriam vozes, soturna. — Apenas deixe-nos tocá-la, Senhora. Gostaríamos de tocar seu cabelo. Permita que toquemos seu cabelo...

A vagoneta redonda em que estavam trepidava um pouco. Do lado de fora da única janela havia a noite vazia, ou era neblina, ou nada? Uma noite longa, eles disseram. Muito longa. Ela se sentou imóvel e suportou o toque de mãos pesadas em seus cabelos. Depois, eles tocariam suas mãos, pés e braços, e um deles, seu pescoço: então ela cerrou os dentes e se levantou; eles recuaram.

— Nós não a machucamos, Senhora — falaram. Ela balançou a cabeça.

Quando eles pediram, ela se deitou outra vez na cadeira que a prendia, e quando a luz dourada brilhou pela janela, ela quis chorar diante da visão, mas desmaiou.

— Bem — falou Rocannon —, agora pelo menos sabemos o que ela é.

— Eu queria que existisse um jeito de saber *quem* ela é — resmungou o curador.

— Ela quer algo que temos aqui no Museu, é isso que os troglos dizem?

— Ei, não os chame de troglos — advertiu Rocannon conscienciosamente; na condição de especialista em FOVIALI, um etnólogo das Formas de Vida de Alta Inteligência, ele devia resistir a tais palavras. — Eles não são bonitos, mas são aliados de categoria C... Queria saber por que a Comissão escolheu desenvolvê-los. Antes mesmo de entrar em contato com todas as espécies FOVIALI? Aposto que a avaliação veio de Centauro — os centaurianos sempre gostam de seres noturnos e habitantes de cavernas. Eu teria apoiado a Espécie II, aqui, eu acho.

— Os trogloditas parecem estar um tanto admirados com ela.

— Você não está?

Ketho lançou um segundo olhar para a mulher alta, depois corou e riu.

— Bem, de certa forma. Nunca vi um tipo alienígena tão bonito em dezoito anos aqui na Nova Georgia do Sul. Nunca vi uma mulher tão bonita em lugar nenhum, na verdade. Ela parece uma deusa. — Agora estava corado até o topo da cabeça calva, pois Ketho era um curador tímido, não dado a hipérboles. Mas Rocannon moveu a cabeça com moderação, concordando.

— Queria que pudéssemos falar com ela sem os tro… gdemiar como intérpretes. Mas não tem como. — Rocannon dirigiu-se à visitante e, quando ela virou o rosto esplêndido para olhá-lo, ele fez uma mesura solene, agachando-se até o chão com um dos joelhos, a cabeça baixa e os olhos fechados. Era o que ele chamava de sua mesura intercultural para todas as ocasiões, e a executava com certa elegância. Quando voltou a erguer-se, a linda mulher sorriu e falou.

— Ela disse "Salve, Senhor das Estrelas" — rosnou um dos acompanhantes atarracados na língua franca galáctica.

— Salve, Senhora dos Angyar — respondeu Rocannon. — De que maneira nós, do Museu, podemos servi-la?

Em meio ao rosnado dos trogloditas, a voz dela parecia uma brisa prateada.

— Ela disse "Por favor, devolva o colar que é tesouro de meus ancestrais de sangue de muito, muito tempo".

— Qual colar? — perguntou ele.

Compreendendo-o, ela apontou para a vitrine de exposição central diante deles, uma coisa magnífica, uma corrente de ouro amarelo maciço, mas de arte muito delicada, cravejada com uma grande safira de um azul ardente. As sobrancelhas de Rocannon ergueram-se e, sobre o ombro dele, Ketho murmurou:

— Ela tem bom gosto. É o Colar Fomalhaut, famosa peça de arte.

Ela sorriu para os dois homens e novamente falou com eles por cima da cabeça dos trogloditas.

— Ela disse "Oh Senhores das Estrelas e Jovens Moradores da Casa dos Tesouros, aquele tesouro é meu. Desde muito, muito tempo. Obrigada".

— Como conseguimos essa coisa, Ketho?

— Espere, deixe-me procurá-lo no catálogo. Tenho aqui. Achei. Ele veio dos troglos... trolls... seja lá o que forem: gdemiar. Eles têm uma obsessão por pechinchas, diz aqui; tivemos de deixar que comprassem a nave em que vieram para cá, uma AD-4. Essa foi parte do pagamento. É uma obra de arte deles.

— E aposto que eles não podem mais fazer esse tipo de trabalho, já que foram induzidos à industrialização.

— Mas parecem perceber que a coisa é dela, não deles, nem nossa. Deve ser importante, Rocannon, ou não teriam dedicado esse tempo à missão dela. Ora, o lapso objetivo entre este lugar e Fomalhaut deve ser considerável!

— Vários anos, sem dúvida — disse o especialista em FOVIALI, acostumado a viajar entre as estrelas. — Não é muito longe. Bem, nem o *Manual* nem o *Guia* me fornecem dados suficientes para embasar um palpite decente. Essas espécies obviamente não foram estudadas com a devida atenção. Os camaradinhas podem estar demonstrando uma simples cortesia para com ela. Ou uma guerra entre espécies pode depender dessa maldita safira. Talvez o desejo dela os governe, porque eles se consideram totalmente inferiores a ela. Ou, apesar das aparências, ela pode ser prisioneira, uma isca. Como podemos saber? Você pode dar essa coisa, Ketho?

— Ah, sim. Todos os objetos exóticos são emprestados, tecnicamente, não são propriedade nossa, uma vez que reivindicações como essa surgem de vez em quando. Raramente discutimos. Paz acima de tudo, até que venha a Guerra...

— Então, eu diria para devolver a ela.

Ketho sorriu.

— É um privilégio — comentou ele. Destrancando a vitrine, ele ergueu a grande corrente dourada, então, por timidez, estendeu-a a Rocannon, dizendo: — Entregue-a você.

Foi assim que a joia azul ficou pela primeira vez, por um instante, nas mãos de Rocannon.

Sua mente não estava no objeto; ele se virou de imediato para a linda mulher alienígena, com as mãos cheias de fogo azul e ouro. Ela não moveu as mãos para pegá-lo, mas abaixou a cabeça e Rocannon deslizou o colar por seu cabelo. A joia repousou como uma mecha de fogo no pescoço marrom-dourado dela, que ergueu os olhos e tinha no rosto tanto orgulho, prazer e gratidão que Rocannon ficou sem palavras, e o curador murmurou depressa em sua própria língua:

— Não há de quê, não há de quê.

Ela curvou a cabeça dourada para ele e para Rocannon. Então, virando-se, acenou para seus guardas atarracados — ou captores? — e, envolvendo-se com seu velho manto azul, caminhou pelo longo salão e desapareceu. Ketho e Rocannon ficaram parados, contemplando a cena.

— Sinto que... — começou Rocannon.

— O quê? — perguntou Ketho com a voz rouca, depois de uma longa pausa.

— Sinto às vezes que eu... ao conhecer essas pessoas de mundos sobre os quais sabemos tão pouco, você sabe, às vezes... que é como se eu tivesse me aproximado de uma lenda, de um mito trágico, talvez, que não entendo...

— Sim — concordou o curador, desobstruindo a garganta. — Eu me pergunto... eu queria saber o nome dela.

Semley, a Encantadora; Semley, a Dourada, Semley do Colar. Os homens da argila curvaram-se à sua vontade, assim como os Senhores das Estrelas naquele lugar terrível para onde o povo da argila a levara, a cidade no fim da noite. Eles a tinham reverenciado e lhe dado, com prazer, seu tesouro que a eles pertencia.

Mas ela ainda não conseguia se livrar do sentimento causado por aquelas cavernas, onde a rocha no alto era opressiva, onde não se sabia quem falava ou o que as pessoas faziam, onde as vozes eram estrondosas e as mãos cinzentas se estendiam... chega daquilo. Ela pagara pelo colar, bem caro. Agora era dela. O preço estava pago, o passado era passado.

Seu corcel-do-vento surgira de algum tipo de caixa, com os olhos turvos e o pelo coberto de gelo e, no início, assim que saíram das cavernas dos gdemiar, ele não quis voar. Agora a criatura parecia bem de novo, planando em um vento calmo vindo do Sul através do céu claro em direção a Hallan.

— Vá depressa, depressa — pedia ela, começando a rir quando o vento soprou a escuridão de sua mente. — Quero ver Durhal já, já...

E ambos voaram depressa, chegando a Hallan ao entardecer do segundo dia. Agora as cavernas do povo da argila não pareciam mais do que o pesadelo de um ano atrás, à medida que o corcel descia com ela os mil degraus de Hallan e atravessava a Ponte do Precipício, onde as florestas desciam por noventa metros. Na luz dourada do entardecer, na pista de voo, ela apeou e subiu os últimos degraus entre as rígidas figuras de heróis esculpidas, e os dois porteiros, que se curvaram para ela, olhavam para a coisa linda e ardente em volta de seu pescoço.

No Salão de Entrada, ela deteve uma garota que passava, uma garota muito bonita; pela aparência, era uma das parentes próximas de Durhal, embora Semley não conseguisse se lembrar do nome dela.

— Você me conhece, senhorita? Sou a esposa de Durhal, Semley. Pode dizer à Senhora Durossa que voltei?

Ela temia entrar e, quem sabe, confrontar-se com Durhal imediatamente, sozinha; queria o apoio de Durossa.

A garota a olhava de maneira fixa, com uma expressão muito estranha. Mas ela murmurou:

— Sim, Senhora. — E saiu correndo em direção à Torre.

Semley esperou no salão dourado e em ruínas. Ninguém apareceu; será que estavam todos à mesa no Salão de Festas? O silêncio era incômodo. Depois de um minuto, Semley se dirigiu às escadas da Torre. Mas uma velha estava vindo em sua direção, atravessando o piso de pedra, estendendo os braços, chorando.

— Oh, Semley, Semley!

Ela nunca tinha visto a mulher de cabelos grisalhos e se retraiu.

— Mas quem é a senhora?

— Eu sou Durossa, Semley.

Ela permaneceu calada e imóvel durante todo o tempo que Durossa a abraçava e chorava, perguntando se era verdade que o povo da argila a havia capturado e mantido sob um feitiço durante todos aqueles longos anos, ou se teriam sido os fiia com suas artes estranhas. Então, recuando um pouco, Durossa parou de chorar.

— Você ainda é jovem, Semley. Jovem como no dia em que saiu daqui. E tem em volta do pescoço o colar...

— Trouxe minha dádiva para meu marido Durhal. Onde ele está?

— Durhal está morto.

Semley ficou imóvel.

— Seu marido, meu irmão, Durhal, o Senhor de Hallan, foi morto há sete anos em batalha. Faz nove anos que você partiu. Os Senhores das Estrelas não voltaram mais. Travamos uma guerra com as Comunas Orientais, com os angyar de Log e Hul-Orren. Durhal foi morto em combate pela lança de um plebeu, pois tinha pouca armadura no corpo e nenhuma no espírito. Ele jaz enterrado nos campos acima de Orren Marsh.

Semley virou o rosto.

— Vou até ele, então — disse ela, colocando a mão na corrente de ouro que lhe pesava o pescoço. — Vou entregar a ele minha dádiva.

— Espere, Semley! A filha de Durhal, sua filha, veja-a, Haldre, a Bela!

Era a garota com quem ela havia falado antes e enviado até Durossa, uma garota de mais ou menos dezenove anos, com olhos como os de Durhal, azuis-escuros. Ela estava ao lado de Durossa, observando com olhos firmes aquela mulher, Semley, que era sua mãe e tinha sua idade. A idade delas era a mesma, assim como os cabelos dourados e a beleza. Só que Semley era um pouco mais alta e trazia a pedra azul sobre o peito.

— Pegue, pegue. Foi para Durhal e Haldre que eu trouxe isso do fim da longa noite! — gritou Semley com a voz embargada, virando-se e abaixando a cabeça para tirar a corrente pesada, soltando o colar para que caísse nas pedras com um choque frio e líquido. — Ah, pegue-o, Haldre! — gritou de novo, e então, chorando alto, virou-se e saiu depressa de Hallan. Atravessou a ponte, desceu os degraus compridos e largos e, correndo para o leste, entrou na floresta da encosta da montanha como uma criatura selvagem em fuga, e desapareceu.

Nota da autora

Esta história, escrita em 1963 e publicada como "*Dowry of the Angyar*" [Dote dos Angyar] em 1964 como prólogo de meu primeiro romance, *O mundo de Rocannon*, em 1966, foi na verdade a oitava história que publiquei; mas abre o livro porque acredito que é a mais característica das minhas primeiras obras de ficção científica e fantasia, a mais romântica de todas. A evolução de meu estilo foi se afastando do romantismo manifesto desta história de forma lenta e constante até a última do volume, escrita em 1972. Foi um progresso. Ainda sou uma romântica, sem dúvida, e sou feliz assim, mas a franqueza e a simplicidade de "O colar de Semley" se tornaram gradualmente algo mais duro, mais forte e mais complexo.

PARTE UM

O SENHOR DAS ESTRELAS

I

Assim termina a primeira parte da lenda; e tudo isso é verdade. Agora, alguns fatos, que são igualmente verdadeiros, segundo o *Manual para a Área Galáctica Oito*, da Liga:

> *Número 62: Fomalhaut II.*
>
> *Tipo AE — Vida baseada em carbono. Um planeta com núcleo de ferro, diâmetro de c. 17 mil quilômetros, com atmosfera rica em oxigênio pesado. Revolução: 800 dias, 8h11min42 terrestres. Rotação: 29h51min2. Distância média do sol 3,2 unidades astronômicas (UA), excentricidade orbital leve. Obliquidade da eclíptica 27°20'20" provocando mudança sazonal marcante. Gravidade 0,86 Padrão.*
>
> *Quatro grandes massas de terra, Continentes Noroeste, Sudoeste, Leste e Antártico ocupam 38% da superfície planetária.*

Quatro satélites (tipos Perner, Loklik, R-2 e Phobos). O companheiro de Fomalhaut é visível como uma estrela superbrilhante.

Mundo da Liga mais próximo: Nova Georgia do Sul, capital Kerguelen (7,88 anos-luz).

História: O planeta foi mapeado pela Expedição Elieson em 202, sondado por robôs em 218.

Primeiro Levantamento Geográfico, 235-6. Diretor: J. Kiolaf. As principais massas de terra foram inspecionadas por via aérea (ver mapas 3114-a, b, c, 3115-a, b). Desembarques, estudos geológicos e biológicos e contatos com FOVIALI foram feitos apenas nos Continentes Leste e Noroeste (ver a descrição de espécies inteligentes abaixo).

Missão de Aprimoramento Tecnológico para as Espécies I-A, 252-4.

Diretor: J. Kiolaf (apenas no Continente Noroeste).

Missões de Controle e Tributação às Espécies I-A e II foram realizadas sob os auspícios da Fundação Área em Kerguelen, N.G.S, em 254, 258, 262, 266, 270; em 275 o planeta foi colocado sob Interdição pelas Autoridades Mundiais de FOVIALI, aguardando um estudo mais adequado das espécies inteligentes locais.

Primeira pesquisa etnográfica, 321. Diretor: G. Rocannon.

Uma árvore alta de um branco ofuscante se elevou rapidamente, em silêncio, no céu atrás da Cordilheira do Sul. Guardas das torres do Castelo Hallan bradaram, golpeando bronze com bronze. Suas vozes insignificantes e o clangor de advertência foram engolidos pelo rugido do som, a martelada do vento, o ritmo da floresta.

Mogien de Hallan encontrou seu convidado, o Senhor das Estrelas, em retirada, seguindo para a pista de voo do castelo.

— Sua nave estava atrás da Cordilheira do Sul, Senhor das Estrelas?

Com o rosto muito pálido, mas com a voz baixa como sempre, o outro falou:

— Estava.

— Venha comigo. — Mogien levou o convidado na garupa do corcel-de-vento que estava a postos, selado, na pista de voo. Descendo os mil degraus, atravessando a Ponte do Precipício, sobrevoando as florestas das encostas do domínio de Hallan, o corcel voava como uma folha cinza ao vento.

Ao cruzar a Cordilheira, os passageiros viram uma fumaça azul subir entre as flechas douradas do primeiro sol da manhã. Um incêndio florestal se alastrava entre as matas úmidas e frias no leito do riacho na encosta da montanha.

De repente, abaixo deles, um buraco se abriu na encosta das colinas, um fosso escuro cheio de poeira preta fumegante. Na borda do imenso círculo de aniquilação havia árvores queimadas transformadas em longas manchas de carvão, todas apontando os topos caídos para longe do fosso de escuridão.

O jovem Senhor de Hallan manteve o corcel cinza firme na corrente ascendente vinda do vale destruído e olhou para baixo, sem dizer nada. Havia contos antigos desde a época de seu avô e de seu bisavô sobre a primeira vinda dos Senhores das Estrelas, como eles queimaram colinas e fizeram o mar ferver com suas armas terríveis, e sob a ameaça dessas armas forçaram todos os Senhores de Angien a lhes prometer fidelidade e o pagamento de tributos. Agora, pela primeira vez, Mogien acreditava nessas histórias. Sua respiração ficou presa na garganta por um segundo.

— Sua nave estava…

— A nave estava aqui. Eu deveria encontrar os outros aqui, hoje. Senhor Mogien, diga a seu povo para evitar este lugar. Por um tempo. Até depois das chuvas, no próximo ano frio.

— Um feitiço?

— Um veneno. A chuva vai livrar a terra dele. — A voz do Senhor das Estrelas ainda era fraca, mas ele olhava para baixo e de repente começou a falar de novo, não para Mogien, mas para o poço escuro abaixo deles, agora sarapintado pela luz clara da manhã. Mogien não entendeu nenhuma palavra do que foi dito, pois o outro falara em sua própria língua, a dos Senhores das Estrelas; e não havia nenhum homem agora em Angien ou em todo o mundo que falasse essa língua.

O jovem angyar controlou sua montaria nervosa. Atrás dele o Senhor das Estrelas inspirou fundo e disse:

— Vamos voltar para Hallan. Não há nada aqui…

O corcel rodopiou pelas encostas fumegantes.

— Senhor Rocannon, se seu povo está em guerra agora em meio às estrelas, juro em sua defesa as espadas de Hallan!

— Agradeço, Senhor Mogien — respondeu o Senhor das Estrelas, agarrando-se à sela, enquanto o vento do voo chicoteava sua cabeça abaixada, grisalha.

O longo dia terminou. O vento da noite soprava nas janelas do quarto dele na torre do Castelo de Hallan, fazendo o fogo da grande lareira tremeluzir. O ano frio estava quase no fim; a inquietação da primavera estava no vento. Quando ele levantou a cabeça, sentiu a doce fragrância bolorenta da tapeçaria de musgo que pendia das paredes e a doce fragrância fresca da noite nas florestas. Ele falou em seu transmissor mais uma vez:

— Rocannon aqui. É Rocannon. Podem responder? — Ele ouviu o silêncio do receptor por um longo tempo, depois tentou de novo a frequência da nave: — Rocannon aqui... — Quando percebeu como estava falando baixo, quase sussurrando, parou e desligou o aparelho. Estavam mortos, todos os catorze, seus companheiros e seus amigos. Todos estiveram em Fomalhaut II durante metade de um dos longos anos do planeta e era hora de conferirem e compararem anotações. Então, Smate e sua equipe vieram do Continente Oriental, pegaram a tripulação antártica no caminho e acabaram voltando para lá a fim de se encontrarem com Rocannon, o Diretor do Primeiro Levantamento Etnográfico, o homem que os havia levado àquele lugar. E agora todos estavam mortos.

E o trabalho deles — anotações, fotos, fitas, tudo o que, para eles, justificaria a morte —, tudo aquilo também inexistia, reduzido a pó junto a eles, desperdiçado junto a eles.

Rocannon ligou o rádio mais uma vez na frequência de emergência, mas não pegou o transmissor. Ligar era simplesmente dizer ao inimigo que havia um sobrevivente. Ele ficou sentado, imóvel. Quando uma batida reverberou na porta, ele pediu na língua estrangeira — que teria de usar de agora em diante:

— Entre!

O jovem Senhor de Hallan, Mogien, que fora seu melhor informante da cultura e dos costumes da Espécie II, e que agora controlava seu destino, entrou. Mogien era muito alto, como todo o seu povo, de cabelos claros e pele escura, o belo rosto disciplinado para uma calma severa através da qual, às vezes, irrompia o relâmpago de emoções poderosas: raiva, ambição, alegria. Ele estava acompanhado de seu servo olgyior, Raho, que colocou um frasco amarelo e dois copos sobre um baú, encheu-os e retirou-se. O herdeiro de Hallan falou:

— Gostaria de beber em sua companhia, Senhor das Estrelas.

— E meus parentes com os seus e nossos filhos juntos, Senhor — respondeu o etnólogo, que não vivera em nove planetas exóticos diferentes sem aprender o valor das boas maneiras. Ele e Mogien ergueram os copos envoltos em prata e beberam.

— A caixa de palavras — começou Mogien, olhando para o rádio — não vai voltar a falar?

— Não com as vozes de meus amigos.

O rosto escuro como castanha de Mogien não demonstrou nenhum sentimento, mas ele disse:

— Senhor Rocannon, a arma que os matou está além de toda a imaginação.

— A Liga de Todos os Mundos mantém essas armas para uso na Guerra Iminente. Não contra nossos próprios mundos.

— É a Guerra, então?

— Acho que não. Yaddam, que você conhecia, ficava na nave. Ele teria ouvido notícias no ansível da nave e me contataria pelo rádio imediatamente. Haveria um aviso. Isso deve ser uma rebelião contra a Liga. Havia uma rebelião fermentando em um mundo chamado Faraday quando deixei Kerguelen e, em tempo solar, isso aconteceu há nove anos.

— Essa caixinha de palavras não pode falar com a Cidade de Kerguelen?

— Não, e mesmo que pudesse, as palavras demorariam oito anos para chegar lá e a resposta oito anos para voltar para mim. — Rocannon falava com sua polidez costumeira, séria e simples, mas sua voz soou um pouco monótona enquanto ele explicava seu exílio. — Você se lembra do ansível, a máquina que lhe mostrei na nave, que pode se comunicar instantaneamente com outros mundos, sem anos de atraso? Estavam atrás daquilo, espero. Foi azar que meus amigos estivessem todos na nave com a máquina. Sem ele, nada posso fazer.

— Mas se seus parentes, seus amigos, na Cidade de Kerguelen, ligarem para você no ansível e não houver resposta, eles não virão para ver... — Mogien percebeu a resposta enquanto Rocannon dizia:

— Em oito anos...

Quando apresentou a Mogien a nave de pesquisa e lhe mostrou o transmissor instantâneo, o ansível, Rocannon também lhe contou sobre o novo tipo de nave que poderia ir de uma estrela a outra num instante.

— A nave que matou seus amigos era SL? — questionou o angyar, senhor da guerra.

— Não. Era tripulada. Existem inimigos aqui, neste mundo, agora.

Isso ficou claro para Mogien quando ele lembrou que Rocannon havia lhe contado que as criaturas vivas não podiam andar nas naves superlumínicas e sobreviver — elas só eram usadas como robôs-bombardeiros, armas que podem surgir, atacar e desaparecer em um momento. Era uma história esquisita, mas não mais esquisita do que a história que Mogien sabia ser verdadeira: que, embora o tipo de nave em que Rocannon havia chegado ali tivesse levado anos e anos para percorrer a noite entre os mundos, para os homens da nave aqueles anos pareceram apenas algumas horas. Na Cidade de Kerguelen, na estrela Forrosul, aquele homem, Rocannon, tinha conversado com Semley de Hallan e lhe dado a joia Olho do Mar quase meio século antes. Semley, que vivera dezesseis anos em uma noite, estava morta havia muito tempo, sua filha Haldre era uma velha senhora, e o neto Mogien, um homem adulto; ainda assim, ali estava Rocannon, que não era velho. Aqueles anos se passaram, para ele, em viagens entre as estrelas. Era muito estranho, mas havia outras histórias ainda mais estranhas.

— Quando Semley, mãe de minha mãe, atravessou a noite... — Mogien começou a falar e parou.

— Nunca houve uma dama tão encantadora em todos os mundos — disse o Senhor das Estrelas, e seu rosto ficou menos triste por um instante.

— O senhor, que se tornou amigo dela, é bem-vindo entre os parentes dela — declarou Mogien. — Mas eu queria perguntar, Senhor, em que nave ela viajou. Já foi tomada do povo da argila alguma vez? Ela tem o ansível para que você possa dizer a seus parentes sobre o inimigo?

Por um segundo, Rocannon pareceu atônito, depois se acalmou.

— Não — explicou ele —, não tem. Ela foi dada ao povo da argila setenta anos atrás; não havia transmissor instantâneo na época. E não foi instalado recentemente, porque o planeta está sob interdição já faz quarenta e cinco anos. Por minha causa. Porque eu interferi. Porque, depois que conheci a Senhora Semley, fui até meu povo e falei: "O que estamos fazendo neste mundo sobre o qual nada sabemos? Por que estamos pegando o dinheiro deles e os dominando? Que direito temos?". Mas, se eu tivesse deixado a situação como estava, ao menos haveria alguém vindo até aqui a cada dois anos; vocês não estariam à mercê desse invasor por completo...

— O que um invasor quer conosco? — perguntou Mogien, não por modéstia, mas por curiosidade.

— Quer seu planeta, suponho. Seu mundo. Sua terra. Talvez vocês mesmos como escravizados. Não sei.

— Se o povo da argila ainda tiver aquela nave, Rocannon, e se a nave for para a Cidade, você poderia ir e se juntar ao seu povo.

O Senhor das Estrelas o fitou por um minuto.

— Acho que sim — concordou. Seu tom de voz era monótono outra vez. Houve silêncio entre os dois por mais um minuto e, então, Rocannon falou com paixão: — Expus seu povo a isso. Coloquei meu próprio povo nisso e eles estão mortos. Não vou fazer outra viagem de oito anos para o futuro e descobrir o que aconteceu depois! Ouça, Senhor Mogien, se puder me ajudar a ir para o sul, até o povo da argila, eu poderia buscar a nave e usá-la aqui no planeta, explorá-lo com ela. Pelo menos, se não conseguir alterar o comando automático, posso enviá-la para Kerguelen com uma mensagem. Mas ficarei aqui.

— Semley a encontrou, diz a lenda, nas cavernas dos gdemiar perto do Mar de Kirien.

— Você pode me emprestar um corcel-de-vento, Senhor Mogien?

— E minha companhia, se quiser.

— Agradeço!

— O povo da argila é péssimo anfitrião para visitantes solitários — afirmou Mogien, parecendo satisfeito.

Nem mesmo o pensamento daquele horrível buraco negro aberto na encosta da montanha poderia acabar com a ânsia causada pelas duas longas espadas presas ao cinto de Mogien. Fazia muito tempo desde a última incursão.

— Que nosso inimigo morra sem filhos — declarou o angyar de maneira solene, levantando o copo reabastecido.

Rocannon, cujos amigos foram mortos sem aviso em um ataque a uma nave desarmada, não hesitou.

— Que morra sem filhos — reforçou ele, e bebeu com Mogien, sob a luz amarela das velas e da lua dupla, na Alta Torre de Hallan.

II

Na noite do segundo dia, Rocannon estava dolorido e queimado pelo vento, mas havia aprendido a se sentar confortavelmente na cernelha e a guiar com alguma habilidade a grande besta voadora dos estábulos de Hallan. Agora a atmosfera rósea do longo e lento pôr do sol estendia-se acima e abaixo dele, em planos de luz rósea cristalina. Os corcéis-de-vento estavam voando alto para permanecerem o máximo possível à luz do sol, pois, como grandes felinos, adoravam o calor. Mogien, em seu caçador preto — podia-se chamá-lo de garanhão, Rocannon se perguntou, ou maioral? — estava olhando para baixo, à procura de um lugar para acampar, pois os corcéis-de-vento não voavam na escuridão. Dois plebeus vinham atrás, em montarias brancas menores, de asas rosadas pelo poente do grande sol Fomalhaut.

— Olhe ali, Senhor das Estrelas!

O corcel de Rocannon refreou e rosnou, vendo o que Mogien estava apontando: um pequeno objeto preto movendo-se baixo no céu à frente deles, arrastando atrás de si, pelo entardecer silencioso, um leve ruído de chocalho. Rocannon gesticulou para que pousassem de imediato. Na clareira da floresta onde aterrissaram, Mogien perguntou:

— Aquela era uma nave como a sua, Senhor das Estrelas?

— Não. Era uma nave restrita ao planeta, um helicóptero. Só poderia ter sido trazida aqui em uma nave muito maior do que a minha, uma fragata estelar ou um cargueiro. Eles devem estar vindo para cá em peso. E devem ter começado antes de mim. O que estão fazendo aqui, afinal, com bombardeiros e helicópteros...? Podem atirar em nós céu afora de muito longe. Teremos que tomar cuidado com eles, Senhor Mogien.

— A coisa vinha dos Campos da Argila. Espero que tenham estado lá antes de nós.

Rocannon apenas assentiu, cheio de raiva ao ver a mancha preta no pôr do sol, uma barata em um mundo limpo. Aquelas pessoas que tinham bombardeado uma nave de pesquisa desarmada à vista, quem quer que fossem, evidentemente pretendiam inspecionar o planeta e ocupá-lo para colonização ou para algum uso militar. As formas de vida de alta inteligência do planeta, das quais havia pelo menos três espécies, todas de baixo desenvolvimento tecnológico, seriam ignoradas, escravizadas ou extintas, o que fosse mais conveniente. Para um povo agressivo, só a tecnologia importava.

E foi aí que Rocannon disse a si mesmo, enquanto observava os plebeus desselarem os corcéis-de-vento e soltá-los para a caçada noturna, que talvez ali estivesse o ponto fraco da própria Liga. Só a tecnologia importava. As duas missões àquele mundo no século anterior começaram a impelir uma das espécies em direção a uma tecnologia pré-atômica antes mesmo que a Liga tivesse explorado outros continentes ou contatado todas as raças inteligentes. Ele havia posto um fim nisso e, portanto, conseguido levar seu próprio Levantamento Etnográfico para lá a fim de aprender algo sobre o planeta, mas não se deixou enganar. Até seu trabalho ali acabaria por servir apenas como uma base informativa para encorajar o avanço tecnológico na espécie ou cultura mais propensa. Era assim que a Liga de Todos os Mundos se preparava para enfrentar seu inimigo final. Uma centena de mundos fora treinada e armada, e mais mil estavam sendo instruídas no uso de aço, roda, trator e reator. Mas Rocannon, o especialista em FOVIALI, cujo trabalho era aprender, não ensinar, e que tinha vivido em alguns mundos desatualizados, duvidava da sabedoria de apostar tudo nas armas e no uso de máquinas. Dominada pelas espécies humanoides agressivas e fabricantes de ferramentas de Centauro, da Terra e pelos cetianos, a Liga menosprezara certas habilidades, poderes e potencialidades da vida inteligente e utilizara um padrão muito estreito de avaliação.

Este mundo, que ainda não tinha nome além de Fomalhaut II, talvez nunca fosse receber muita atenção, pois antes da chegada da Liga nenhuma de suas espécies parecia ter ido além da alavanca e da forja. Outras raças em outros mundos poderiam avançar mais depressa para ajudar quando o inimigo extragaláctico enfim retornasse. Isso era, sem dúvida, inevitável. Ele pensava em Mogien se oferecendo para lutar contra uma frota de bombardeiros que se movia à velocidade da luz com as espadas de Hallan. Mas e se os bombardeiros à velocidade da luz ou mesmo SL fossem muito, muito parecidos com espadas de bronze, comparados com as armas do

Inimigo? E se as armas do Inimigo fossem mentais? Será que não era bom saber mais sobre as diferentes formas que as mentes assumem e sobre seus poderes? A política da Liga era bastante restrita, induzia a muito desperdício, e agora, evidentemente, havia induzido à rebelião. Se o tumulto que se formou em Faraday há dez anos tivesse irrompido, significaria que um mundo jovem da Liga, tendo aprendido a guerrear prontamente e estando armado, agora estava tentando moldar o próprio império a partir das estrelas.

Ele, Mogien e os dois servos de cabelos escuros comeram nacos do bom pão duro das cozinhas de Hallan, beberam *vaskan* amarelo de um cantil de couro e logo se acomodaram para dormir. Muito altas ao redor da pequena fogueira que fizeram estavam as árvores, galhos escuros carregados de cones agudos, escuros e fechados. Durante a noite, uma chuva fina e fria sussurrou pela floresta. Rocannon puxou o saco de dormir forrado com penas de herilor sobre a cabeça e dormiu por toda a longa noite ao sussurro da chuva. Os corcéis-de-vento voltaram ao raiar do dia e, antes que o sol surgisse, estavam no ar outra vez, cavalgando pelo vento em direção às pálidas terras perto do golfo onde vivia o povo da argila.

Desembarcando por volta do meio-dia em um campo de argila bruta, Rocannon e os dois servos, Raho e Yahan, observaram ao redor com rostos inexpressivos, sem avistar nenhum sinal de vida. Mogien afirmou com a confiança absoluta de sua casta:

— Eles virão.

E vieram: os hominoides atarracados que Rocannon tinha visto no museu anos antes, seis deles, não muito mais altos que o peito de Rocannon ou o cinto de Mogien.

Estavam nus, tinham uma cor cinza-esbranquiçada, como seus Campos da Argila, uma cor singularmente terrosa. Quando falavam, eram estranhos, pois não havia como identificar qual deles falava; parecia que todos o faziam, mas com uma só voz rouca. *Telepatia colonial parcial*, Rocannon se lembrou do *Manual* e olhou com mais respeito para os homenzinhos feios de raro dom. Seus três companheiros altos não demonstraram tal sentimento. Pareciam hostis.

— O que o angyar e os servos do angyar desejam no campo dos Senhores da Noite? — perguntou um dos homens da argila, ou todos eles, na Língua Comum, um dialeto angyar usado por todas as espécies.

— Eu sou o Senhor de Hallan — respondeu Mogien, parecendo gigantesco. — Comigo está Rocannon, mestre das estrelas e dos caminhos da noite, servo da Liga de Todos os Mundos, convidado e amigo dos Parentes de Hallan. Alta honra lhe é devida! Levem-nos àqueles aptos a negociar conosco. Há palavras a serem ditas, pois em breve haverá neve no ano quente, ventanias soprando de trás para a frente e árvores crescendo de cabeça para baixo! — A forma como o angyar falava era de fato prazerosa, pensou Rocannon, embora não impressionasse pelo tato.

Os homens da argila permaneceram em um silêncio hesitante.

— Verdade que é assim? — perguntaram, ou algum deles perguntou, por fim.

— Sim, e o mar vai virar madeira, e as pedras vão ganhar dedos! Levem-nos até seus chefes, que sabem o que é um Senhor das Estrelas, e não percam tempo!

Mais silêncio. De pé entre os pequenos trogloditas, Rocannon tinha uma sensação incômoda, como se asas de mariposas roçassem suas orelhas. Uma decisão estava sendo tomada.

— Venham — disseram os homens da argila em voz alta, e saíram pelo campo pegajoso. Eles se reuniram depressa em torno de um pedaço de terra, curvaram-se e, em seguida, afastaram-se, revelando um buraco no chão e uma escada que saía dele: a entrada para o Domínio da Noite.

Enquanto os plebeus esperavam na superfície com os corcéis, Mogien e Rocannon desceram a escada para um mundo--caverna de túneis abertos na argila que se cruzavam, se ramificavam e eram revestidos com cimento grosso, tinham iluminação elétrica e cheiravam a suor e comida estragada. Caminhando sobre pés chatos e cinzentos atrás deles, os guardas os levaram a uma câmara redonda mal iluminada parecida com uma bolha em um grande estrato de rocha e os deixaram lá sozinhos.

Eles esperaram. E esperaram mais ainda.

Por que raios as primeiras pesquisas escolheram encorajar aquelas pessoas a se associarem à Liga? Rocannon tinha uma explicação talvez inadequada: as primeiras pesquisas partiram da gélida Centauro, e os exploradores entraram entusiasmados nas cavernas dos gdemiar, escapando das ofuscantes inundações de luz e calor do grande sol A-3. Para eles, pessoas sensatas viviam no subterrâneo, em um mundo como aquele. Para Rocannon, o sol quente e branco e as noites radiantes de quádruplo luar, as intensas mudanças climáticas e os ventos incessantes, o ar rico e a gravidade leve, que permitiam tantas espécies aerotransportadas, eram todos não só compatíveis, mas agradáveis. Porém, lembrou--se de que exatamente por isso ele era menos qualificado do que os centaurianos para julgar aquele povo das cavernas que era, sem dúvidas, esperto. Também era telepata — uma força muito mais rara e muito menos compreendida do que a eletricidade —, mas as primeiras pesquisas não tiraram nenhum proveito disso. Eles tinham dado aos gdemiar um gerador e uma nave com comandos bloqueados, rudimentos de matemática e alguns tapinhas nas costas, e então os abandonaram. O que os homenzinhos fizeram desde então? Ele fez uma pergunta nessa linha a Mogien.

O jovem senhor, que com certeza nunca vira nada além de uma vela ou uma tocha de resina na vida, olhou sem o menor interesse para a lâmpada elétrica sobre sua cabeça.

— Eles sempre foram bons em fazer coisas — respondeu ele, com sua arrogância extraordinária e objetiva.

— E fizeram novos tipos de coisas ultimamente?

— Compramos nossas espadas de aço do povo da argila; eles tinham ferreiros capazes de trabalhar aço no tempo de meu avô, mas antes disso não sei. Meu povo viveu muito tempo com o povo da argila, fazendo-os cavar um túnel sob nossas terras fronteiriças, trocando prata por suas espadas. Dizem que são ricos, mas incursões contra eles são um tabu. Guerras entre duas estirpes são assuntos malignos... como você sabe. Mesmo quando meu avô Durhal veio procurar a esposa aqui, pensando que a haviam sequestrado, não quis quebrar o tabu e forçá-los a falar. O povo da argila não vai mentir nem falar a verdade, se puder evitar. Não gostamos deles e eles não gostam de nós; acho que eles se lembram dos velhos tempos antes do tabu, não são corajosos.

Uma voz poderosa ressoou por trás deles:

— Curvem-se na presença dos Senhores da Noite! — Rocannon estava com a mão na arma a laser e Mogien colocou as duas mãos no punho da espada quando se viraram, mas Rocannon avistou de imediato o alto-falante colocado na parede curva e murmurou para Mogien:

— Não responda.

— Falem, ó estranhos nas Cavernas dos Senhores da Noite!

O mero estrondo foi intimidador, mas Mogien ficou parado sem sequer piscar, com as sobrancelhas arqueadas indolentemente. No mesmo instante, ele disse:

— Agora que cavalgou no vento durante três dias, Senhor Rocannon, começou a perceber o prazer que é?

— Falem e serão ouvidos!

— Sim. E o corcel listrado fica leve como o vento oeste no ano quente — respondeu Rocannon, citando um elogio ouvido à mesa no Salão de Festas.

— Ele é de uma linhagem muito boa.

— Falem! Vocês estão sendo ouvidos!

Ambos discutiram a criação de corcéis-de-vento enquanto a parede berrava para eles. Enfim, dois homens do povo da argila apareceram no túnel.

— Venham — falaram, impassíveis. Eles conduziram os estranhos por outros labirintos até um pequeno sistema de trem elétrico muito organizado, como um brinquedo gigante, mas eficaz, no qual rodaram vários quilômetros em um bom ritmo, saindo dos túneis de argila em direção ao que parecia ser uma área de cavernas de calcário. A última estação ficava na boca de um corredor muito iluminado ao fim do qual três trogloditas esperavam em uma plataforma. No início, para a vergonha de Rocannon como etnólogo, todos pareciam idênticos. Como os chineses pareceram para os holandeses, como os russos para os centaurianos... Depois, ele distinguiu a individualidade do homem da argila que estava no meio, cujo rosto enrugado, branco e poderoso era encimado por uma coroa de ferro.

— O que o Senhor das Estrelas procura nas Cavernas dos Poderosos?

A formalidade da Língua Comum convinha exatamente às necessidades de Rocannon, que respondeu:

— Eu tinha a esperança de vir como convidado a essas cavernas, para aprender os hábitos dos Senhores da Noite e ver as maravilhas de suas criações. Ainda guardo tal esperança. Mas atrocidades estão acontecendo e venho agora com pressa e necessidade. Sou um oficial da Liga de Todos os Mundos. Peço-lhes que me levem à nave estelar que vocês mantêm como uma garantia da confiança da Liga em vocês.

Os três fixaram os olhos nele, impassíveis. A plataforma os colocava na mesma altura de Rocannon; vistos assim, no mesmo nível, seus rostos largos, sem marcas de idade, e seus olhos duros como rocha eram impressionantes. Então, grotescamente, o da esquerda falou na língua franca galáctica:

— Sem nave — declarou.

— Há uma nave.

Depois de um minuto, o outro repetiu de um jeito ambíguo:

— Sem nave.

— Fale a Língua Comum. Peço sua ajuda. Há um inimigo da Liga neste mundo. Não será mais o mundo de vocês se admitirem esse inimigo.

— Sem nave — disse o homem da argila à esquerda. Os outros dois ficaram parados como estalagmites.

— Então devo dizer aos outros Senhores da Liga que o povo da argila traiu a confiança deles e é indigno de lutar na Guerra Iminente?

Silêncio.

— A confiança deve vir dos dois lados, ou de nenhum — declarou o homem da argila com a coroa de ferro, no centro, em Língua Comum.

— Eu pediria sua ajuda se não confiasse em vocês? Vocês fariam isso por mim, ao menos: enviar a nave com uma mensagem para Kerguelen? Ninguém precisa tripulá-la e perder anos; ela irá sozinha.

Outra vez, silêncio.

— Sem nave — repetiu o da esquerda em sua voz rouca.

— Venha, Senhor Mogien — falou Rocannon, e virou as costas para os demais.

— Aqueles que traem os Senhores das Estrelas — disse Mogien em sua voz clara e arrogante — traem pactos mais antigos. Vocês faziam nossas espadas antigamente, homens da argila. Elas não enferrujaram. — E ele caminhou ao lado de Rocannon, seguindo os guias cinzentos e atarracados que, em silêncio, os conduziram de volta à ferrovia e através do labirinto de corredores úmidos e ofuscantes até, enfim, a luz do dia.

Eles cavalgaram alguns quilômetros a oeste para transpor o território do povo da argila e pousaram na margem de um rio na floresta a fim de deliberar.

Mogien sentia ter decepcionado seu hóspede; não estava acostumado a ser frustrado em sua generosidade, e seu autodomínio estava um pouco abalado.

— Minhocas das cavernas — resmungou ele. — Vermes covardes! Eles nunca vão dizer diretamente o que andam fazendo ou o que farão. Todos os baixinhos são assim, até os fiia. Mas nos fiia se pode confiar. Acha que o povo da argila entregou a nave ao inimigo?

— Como podemos saber?

— Sei de uma coisa: eles não a dariam a ninguém, a menos que recebessem o que ela vale em dobro. Coisas, coisas... Eles não pensam em nada além de amontoar coisas. O que o velho quis dizer com "a confiança deve vir dos dois lados"?

— Acho que o velho quis dizer que o povo dele sente que nós, da Liga, os traímos. Primeiro os encorajamos e, de repente, por quarenta e cinco anos, os abandonamos, não enviamos mensagens, desencorajamos sua vinda, lhes dissemos para cuidarem de si mesmos. E isso foi obra minha, embora eles não saibam. Por que deveriam me fazer um favor, afinal? Duvido que já tenham falado com o inimigo. Mas não faria diferença se negociassem a nave. O inimigo poderia ter feito muito menos com ela do que eu. — De ombros curvados, Rocannon ficou olhando para o rio claro.

— Rocannon — disse Mogien, falando com ele pela primeira vez como se fosse um parente —, perto desta floresta vivem meus primos de Kyodor, um castelo forte, com trinta espadachins angyar e três aldeias de plebeus. Eles vão nos ajudar a punir o povo da argila pela insolência...

— Não — declarou Rocannon, decidido. — Diga ao seu pessoal para ficar de olho no povo da argila, sim; eles podem ser comprados pelo inimigo. Mas não haverá tabus quebrados ou guerras travadas por minha causa. Não há sentido nisso. Em momentos como este, Mogien, o destino de um homem não é importante.

— Se não for — começou Mogien, erguendo o rosto escuro —, o que é?

— Senhores — interveio o plebeu jovem e esguio, Yahan — alguém está ali entre as árvores. — Ele apontou para um lampejo de cor entre as coníferas escuras do outro lado do rio.

— Fiia! — exclamou Mogien. — Olhem para os corcéis-de-vento. — Todos os quatro grandes animais estavam olhando para o outro lado do rio, com as orelhas em pé.

— Mogien, o Senhor de Hallan, anda pelos caminhos dos fiia em amizade! — A voz de Mogien ecoou por cima das águas extensas, rasas e barulhentas e, logo em seguida, em meio a uma mistura de luz e sombra sob as árvores na outra margem, uma figura pequena apareceu. Parecia dançar um pouco enquanto os feixes de sol brincavam sobre ela, fazendo-a tremeluzir e mudar, era difícil olhá-la fixamente. Quando a figura se moveu, Rocannon imaginou que ela estava andando sobre o rio, tamanha sua leveza, sem agitar as águas ensolaradas e pouco profundas. O corcel listrado ergueu-se e caminhou com suavidade com as pernas de ossos ocos até a beira da água, onde a grande besta abaixou a cabeça enquanto o fian saía do rio, estendendo a mão para coçar-lhe as orelhas listradas e peludas. Então, o fian veio na direção deles.

— Salve, Mogien, herdeiro de Halla, espadachim de cabelos de sol! — A voz era fina e doce como a de uma criança, a figura baixa e leve como a de uma criança, mas o rosto não era de criança. — Salve, convidado de Hallan, Senhor das Estrelas, Nômade! — Olhos estranhos, grandes e claros voltaram-se por um instante para Rocannon.

— Os fiia sabem todos os nomes e notícias — explicou Mogien, sorrindo, mas o pequeno fian não sorriu em resposta. Mesmo para Rocannon, que só tinha visitado brevemente uma aldeia da espécie com a equipe de pesquisa, isso foi surpreendente.

— Ó, Senhor das Estrelas — disse a voz doce e trêmula —, quem viaja nas naves de vento que vêm e matam?

— Matam... seu povo?

— Toda a minha aldeia — falou o homenzinho. — Eu estava com os rebanhos nas colinas. Minha mente ouviu meu povo chamar e eu vim; eles estavam nas chamas, queimando e gritando. Havia duas naves com asas giratórias. Elas cuspiam fogo. Agora estou sozinho e devo falar em voz alta. Em minha mente, onde estava meu povo, há apenas fogo e silêncio. Por que isso foi feito, Senhores? O fian olhou para Rocannon e depois para Mogien. Ambos ficaram em silêncio. Ele se curvou como um homem mortalmente ferido, agachando, e escondeu o rosto.

Mogien estava em pé, próximo, com as mãos no cabo das espadas, tremendo de raiva.

— Agora juro vingança contra aqueles que prejudicaram os fiia! Rocannon, como isso é possível? Os fiia não têm espadas, não têm riquezas, não têm inimigos! Veja, o povo dele está todo morto, aqueles com quem ele fala estão sem palavras, os membros da aldeia dele. Nenhum fian vive sozinho. Ele vai morrer sozinho. Por que prejudicariam o povo dele?

— Para tornar seu poder conhecido — afirmou Rocannon, com dureza. — Vamos levá-lo para Hallan, Mogien.

O alto senhor ajoelhou-se ao lado da pequena figura agachada.

— Fian, amigo do homem, cavalgue comigo. Não posso falar em sua mente como seus parentes falavam, mas as palavras transmitidas pelo ar não são todas vazias.

Em silêncio, eles montaram nos corcéis, o fian na cernelha na frente de Mogien, como uma criança, e os quatro animais alçaram-se outra vez no ar. Um vento sul chuvoso favoreceu a fuga e, no fim do dia seguinte, sob o bater das asas de seu corcel, Rocannon viu a escadaria de mármore subindo pela floresta, a Ponte do Precipício, sobre o abismo verde, e as torres de Hallan sob a luz do poente.

As pessoas do castelo, nobres loiros e servos de cabelos escuros, reuniram-se ao redor deles na pista de voo, com muitas notícias do incêndio do castelo mais próximo ao leste, Reohan, e do assassinato de todo o povo local. Tinham sido, novamente, dois helicópteros e alguns homens com armas a laser; os guerreiros e os agricultores de Reohan foram massacrados sem reagir com um só golpe. O povo de Hallan estava quase em polvorosa de raiva e despeito, aos quais se juntou um elemento de espanto quando viram o fian montado com seu jovem senhor e descobriram por que ele estava lá. Muitos deles, moradores daquela fortaleza do extremo norte de Angien, nunca tinham visto um dos fiia antes, mas todos os conheciam como personagens de lendas e tema de um poderoso tabu. Um ataque, por mais sangrento que fosse, a um de seus próprios castelos se encaixava na perspectiva guerreira deles; mas um ataque aos fiia era profanação. Espanto e raiva tomaram a todos. Mais tarde, naquela noite, em seu quarto na torre, Rocannon ouviu o tumulto lá embaixo, no Salão de Festas, onde os angyar de Hallan estavam reunidos jurando a destruição e extinção do inimigo em uma torrente de metáforas e um estrondo de hipérboles. Eram uma raça orgulhosa, os angyar: vingativos, presunçosos, obstinados, iletrados; faltavam-lhes todas as formas em primeira pessoa da expressão "ser incapaz". Não havia deuses em suas lendas, apenas heróis.

Em meio à barulheira distante, uma voz próxima irrompeu, assustando Rocannon a tal ponto que sua mão se soltou do sintonizador de rádio. Ele havia enfim encontrado a banda de comunicação do inimigo. Uma voz falava sem parar, em uma língua que Rocannon não conhecia. Seria muita sorte o inimigo falar galáctico; havia centenas de milhares de idiomas nos mundos da Liga, sem contar os planetas reconhecidos, como aquele, e os ainda desconhecidos. A voz começou a ler uma lista de números, que Rocannon compreendia, pois estavam em cetiano, a língua de uma raça cujas realizações matemáticas levaram ao uso geral da matemática cetiana e, portanto, dos numerais cetianos, em toda a Liga. Ele ouviu com atenção, mas foi inútil, uma mera sequência de números.

A voz parou de repente, deixando apenas o zunido de estática.

Rocannon olhou para o pequeno fian do outro lado do quarto, que pedira para ficar com ele e agora se encontrava sentado de pernas cruzadas e em silêncio no chão perto da janela.

— Aquele era o inimigo, Kyo.

O rosto do fian estava impassível.

— Kyo — falou Rocannon; era costume dirigir-se a um fian pelo nome angyar de sua aldeia, já que os indivíduos da espécie talvez tivessem e talvez não tivessem nomes próprios. — Kyo, se você tentasse, conseguiria ouvir mentalmente os inimigos?

Nas breves anotações de sua única visita a uma aldeia fian, Rocannon comentara que a Espécie 1-B raramente respondia a perguntas diretas de forma direta; e ele se lembrava bem da imprecisão sorridente deles. Mas Kyo, abandonado e desolado no país estrangeiro do discurso, respondeu o que Rocannon lhe perguntou.

— Não, Senhor — disse, submisso.

— Você pode ouvir outros de sua espécie, em outras aldeias?

— Um pouco. Se eu vivesse entre eles, talvez... os fiia às vezes vão morar em outras aldeias que não a própria. Dizem até que no passado os fiia e os gdemiar falavam mentalmente como um só povo, mas isso foi há muito tempo. Dizem... — Ele parou.

— Seu povo e o povo da argila são de fato uma só raça, embora sigam caminhos muito diferentes agora. O que mais, Kyo?

— Diz-se que há muito tempo, no Sul, nos lugares altos, nos lugares cinzentos, viviam aqueles que falavam mentalmente com todas as criaturas. Todos os pensamentos eles podiam ouvir, os Velhos, os Anciãos... mas nós descemos as montanhas e vivemos nos vales e nas cavernas, e nos esquecemos dos métodos mais difíceis.

Rocannon ponderou por um momento. Não havia montanhas no continente ao sul de Hallan. Ele se levantou para pegar o *Manual para a Área Galáctica Oito*, com mapas, quando o rádio, ainda sibilando na mesma faixa, o deteve. Uma voz estava surgindo muito mais fraca, distante, oscilando nas ondas de estática, mas falando em galáctico.

— Número Seis, continue. Número Seis, continue. Aqui é Foyer. Continue, Número Seis. — Depois de infinitas repetições e pausas, prosseguiu: — Aqui é sexta-feira. Não, aqui é sexta-feira... Aqui é Foyer, você está aí, Número Seis? As SL chegam amanhã e quero um relatório completo dos 76 ramais e das redes. Deixe o plano de escalonamento para o Destacamento Oriental. Está me ouvindo, Número Seis? Vamos nos comunicar por ansível com a Base amanhã. Consiga logo essa informação sobre os ramais, 76 ramais. Não precisa…

Uma onda de ruído estelar engoliu a voz, e quando ela ressurgiu, era audível apenas em trechos. Dez longos minutos se passaram entre estática, silêncio e fragmentos de fala, então uma voz mais próxima interrompeu, falando depressa na língua desconhecida usada antes. Prosseguiu devagar; imóvel, minuto a minuto, com a mão ainda sobre a capa de seu *Manual*, Rocannon escutou. Igualmente imóvel, o fian estava sentado nas sombras do outro lado do quarto. Dois pares de números foram ditos e repetidos; na segunda vez, Rocannon captou a palavra cetiana para "graus". Ele abriu o caderno e anotou os números; então, por fim, embora ainda estivesse escutando, abriu o *Manual* nos mapas de Fomalhaut II.

Os números que tinha anotado eram 28°28-121°40. Se fossem coordenadas de latitude e longitude… Ele analisou os mapas por um tempo, colocando a ponta do lápis algumas vezes em mar aberto. Então, tentando 121 Oeste com 28 Norte, chegou ao sul de uma cadeia de montanhas, a meio caminho do Continente Sudoeste. Ficou sentado contemplando o mapa. A voz do rádio havia silenciado.

— Senhor das Estrelas?

— Acho que me disseram onde estão. Talvez. E eles têm um ansível lá. — Rocannon olhou para Kyo sem o ver, então retornou para o mapa. — Se estão lá embaixo… se eu conseguisse chegar a esse local e acabar com o jogo deles, se eu conseguisse enviar apenas uma mensagem no ansível deles para a Liga, se eu conseguisse…

O Continente Sudoeste fora mapeado apenas por sobrevoos, e nada além das montanhas e dos rios principais fora esboçado no interior, a partir do contorno litorâneo: centenas de quilômetros de branco, de desconhecido. E um objetivo meramente pressuposto.

— Mas não posso simplesmente ficar aqui sentado — concluiu Rocannon. Ele olhou para cima de novo e encontrou o olhar claro e confuso do homenzinho.

Ele andava de um lado para o outro sobre o piso de pedra. O rádio assobiava e sussurrava.

Havia uma coisa a seu favor: o fato de o inimigo não estar à sua espera, achando que tinha o planeta só para si. Mas essa era a única coisa a seu favor.

— Gostaria de usar as armas deles contra eles mesmos — falou. — Acho que vou tentar encontrá-los. Nas terras ao sul... Meu povo foi morto por esses estranhos, como o seu, Kyo. Você e eu estamos sozinhos, falando uma língua que não é a nossa. Eu ficaria feliz com sua companhia.

Ele mal sabia o que o levou a dar essa sugestão.

A sombra de um sorriso passou pelo rosto do fian. Ele ergueu as mãos, paralelas e separadas. A luz das velas tremulava inquieta nas arandelas.

— Foi profetizado que o Nômade escolheria companheiros — disse o fian. — Por um tempo.

— O Nômade? — perguntou Rocannon, mas desta vez o fian não respondeu.

III

A Senhora do Castelo atravessou o salão superior lentamente, as saias farfalhando sobre a pedra. O tom escuro de sua pele aprofundou-se com a idade, assemelhando-se ao negro de uma escultura; seu cabelo claro estava branco. Ainda assim, ela mantinha a beleza da linhagem. Rocannon curvou-se e proferiu uma saudação à moda do povo dela:

— Salve, Senhora de Hallan, filha de Durhal, Haldre, a Bela!

— Salve, Rocannon, meu convidado — disse ela, olhando-o serena. Como a maioria das mulheres angyar e todos os homens angyar, ela era consideravelmente mais alta do que ele. — Diga-me por que vai para o sul. — Ela continuou a caminhar devagar pelo salão, e Rocannon caminhou ao seu lado. Ao redor deles havia escuridão e pedra, tapeçaria pendurada nas altas paredes, e a luz fria da manhã nas janelas do clerestório raiava oblíqua sobre o preto das altas vigas.

— Vou encontrar meus inimigos, Senhora.

— E depois de os encontrar?

— Espero entrar no domínio deles... O castelo, e fazer uso do... transmissor de mensagens... para dizer à Liga que eles estão aqui, neste mundo. Os inimigos estão escondidos aqui e há uma chance muito pequena de serem encontrados: os mundos são densos como areia na praia do mar. Porém, eles devem ser encontrados. Os inimigos causaram mal aqui e fariam muito pior em outros mundos.

Haldre acenou com a cabeça uma vez.

— É verdade que deseja ir sutilmente, com poucos homens?

— Sim, Senhora. É um longo caminho e o mar deve ser atravessado. E a habilidade, não a força, é minha única esperança contra a força deles.

— Vai precisar de algo mais que habilidade, Senhor das Estrelas — explicou a velha. — Bem, enviarei com você quatro plebeus leais, se for suficiente, dois corcéis-de-vento de carga e seis selados, e uma ou duas peças de prata no caso de bárbaros de terras estrangeiras exigirem pagamento para hospedar você e meu filho Mogien.

— Mogien virá comigo? São todas grandes contribuições, Senhora, mas essa é a maior!

Ela o contemplou por um minuto com seu olhar límpido, triste e implacável.

— Fico contente que isso o agrade, Senhor das Estrelas. — Ela retomou a caminhada lenta, com ele ao seu lado. — Mogien deseja ir, por estima a você e por aventura; e você, um grande senhor em uma missão muito perigosa, deseja a companhia dele. Então, creio que é o caminho dele com certeza. Mas digo-lhe agora, nesta manhã, no Grande

Salão, para que se lembre e não tema minha culpa se você voltar: acho que ele não voltará com você.

— Mas, Senhora, ele é o herdeiro de Hallan.

A mulher ficou em silêncio por um instante, virou-se no fundo da sala sob uma tapeçaria de gigantes alados lutando contra homens louros e, enfim, falou:

— Hallan encontrará outros herdeiros. — Sua voz era calma, de um amargor frio. — Vocês, Senhores das Estrelas, estão entre nós mais uma vez, trazendo novos caminhos e guerras. Reohan é pó, por quanto tempo Hallan resistirá? O próprio mundo tornou-se um grão de areia na costa da noite. Todas as coisas mudam agora. Mas ainda tenho uma certeza: há escuridão sobre minha linhagem. Minha mãe, a quem você conheceu, perdeu-se nas florestas em sua loucura; meu pai foi morto em batalha; meu marido, por traição; e quando dei à luz um filho, meu espírito se entristeceu em meio à minha alegria, prevendo que sua vida seria curta. Isso não é tristeza para ele; é um angyar, as espadas duplas são parte de sua vestimenta. Mas minha parte da escuridão é governar sozinha um domínio em crise, é viver, viver e sobreviver a todos eles...

Haldre ficou em silêncio por mais um minuto.

— Você pode precisar de mais tesouros do que posso lhe dar, para pagar pela vida ou pelo direito de passagem. Pegue isto. Dou-o a você, Rocannon, não a Mogien. Não há escuridão neste objeto para você. Ele já não foi seu, na cidade do outro lado da noite? Para nós, tem sido apenas um fardo e uma sombra. Pegue-o de volta, Senhor das Estrelas, use-o como resgate ou dádiva. — Ela tirou do pescoço o ouro e a grande pedra azul do colar que custara a vida de sua mãe e ofereceu-o para Rocannon. Ele o pegou, ouvindo quase com terror o ruído suave e frio dos elos dourados, e ergueu os olhos para Haldre, que o contemplou, muito altiva, com os olhos azul-escuros na atmosfera escura do Salão. — Agora leve meu filho, Senhor das Estrelas, e siga seu caminho. Que seu inimigo morra sem filhos.

Luzes de tochas, fumaça e sombras apressadas na pista de voo do castelo, vozes de bestas e homens, barulho e confusão, tudo desapareceu com poucas batidas de asas do corcel listrado que Rocannon montava. Atrás deles estava agora Hallan, um ponto tênue de luz na varredura escura das colinas, e não houve som, mas uma lufada de ar quando as largas asas semivisíveis se levantaram e bateram. O Leste atrás deles era pálido e a Grande Estrela queimava como um cristal brilhante, anunciando o sol, apesar de faltar muito para o amanhecer. O dia, a noite e os crepúsculos eram majestosos e lentos naquele planeta que levava trinta horas para completar a rotação. O ritmo das estações também era grande; aquele era o equinócio da primavera e havia quatrocentos dias de primavera e verão pela frente.

— Cantarão canções sobre nós nos altos castelos — falou Kyo, cavalgando na garupa de Rocannon. — Vão cantar como o Nômade e seus companheiros cavalgaram para o sul atravessando o céu na escuridão antes que a primavera... — Ele deu um risinho. Logo abaixo, as colinas e ricas planícies de Angien se desdobravam como uma paisagem pintada em seda cinza, iluminando-se pouco a pouco, até brilhar, plena de cores e sombras, enquanto o sol majestoso se levantava atrás deles.

Ao meio-dia, eles descansaram algumas horas à beira do rio cujo curso sudoeste estavam seguindo em direção ao mar; ao entardecer, voaram para um pequeno castelo em uma colina, como todos os castelos angyar, perto de uma curva do mesmo rio. Lá foram recebidos pelo senhor do lugar e por sua família. O senhor obviamente ardeu de curiosidade ao ver um fian viajando em um corcel-de-vento junto ao senhor de Hallan, quatro plebeus e alguém que falava com sotaque estranho, vestido como um senhor, mas que não usava espadas e tinha o rosto branco como o de um plebeu. Era certo que existia mais mistura entre as duas castas — os angyar e os olgyior —, do que muitos angyar gostam de admitir; havia guerreiros de pele clara e servos de cabelos dourados; mas aquele "Nômade" era completamente anômalo. Por não querer mais nenhum boato de sua presença no planeta, Rocannon não falou nada, e seu anfitrião não ousou perguntar ao herdeiro de Hallan; então, se aquele senhor descobrisse quem eram seus estranhos convidados, seria graças aos menestréis cantando o conto, anos depois.

O dia seguinte passou da mesma forma para os sete viajantes, cavalgando o vento acima daquela terra adorável. Eles passaram a noite em uma aldeia olgyior perto do rio e, no terceiro dia, chegaram a um país novo até mesmo para Mogien. O rio, curvando-se para o Sul, formava espirais e ferraduras, as colinas terminavam em longas planícies, e bem à frente havia um brilho pálido espelhado no céu. No fim do dia, o grupo chegou a um castelo isolado em um penhasco branco, para além do qual se estendia um longo trecho de lagoas, areia cinzenta e mar aberto.

Apeando do corcel, dolorido, cansado e com a cabeça latejando de vento e movimento, Rocannon pensou que era a fortaleza angyar mais triste que já tinha visto: um aglomerado de cabanas que pareciam galinhas molhadas amontoadas sob a lateral de um pequeno forte de aparência surrada. Os plebeus, pálidos e baixinhos, os espiavam de vielas dispersas.

— Eles parecem ter se reproduzido com pessoas do povo da argila — disse Mogien. — Este é o portão, e o lugar se chama Tolen, se o vento não nos desencaminhou. Ho! Senhores de Tolen, o hóspede está à sua porta!

Não houve som algum dentro do castelo.

— O portão de Tolen balança ao vento — observou Kyo, então perceberam que, de fato, o portal de madeira em armação de bronze cedia nas dobradiças, batendo com o frio vento marítimo que soprava pela cidade. Mogien empurrou-o, abrindo-o com a ponta da espada. Lá dentro havia escuridão, um farfalhar de asas e um cheiro úmido.

— Os Senhores de Tolen não esperaram seus convidados — comentou Mogien. — Bem, Yahan, fale com aqueles sujeitos feios e encontre hospedagem para nós esta noite.

O jovem plebeu voltou-se para falar com os habitantes da cidade que se reuniam no fim do pátio do castelo, observando. Um deles criou coragem para avançar, fazendo uma mesura e andando de lado como alguma criatura marinha na praia, e falou humildemente com Yahan. Rocannon conseguiu acompanhar parte do dialeto olgyior e percebeu que o ancião alegava que a aldeia não tinha moradia adequada para *pedanar*, fossem eles quem fossem. O plebeu alto, Raho, juntou-se a Yahan e falou com fúria, mas o ancião apenas avançou, curvou-se e murmurou, até que Mogien enfim se aproximou. Ele não podia, pelo código angyar, falar com os servos de um domínio estranho, mas desembainhou uma de suas espadas e a ergueu, resplandecente, à luz fria do mar. O ancião estendeu as mãos e, com um lamento, virou-se e arrastou-se pelos becos escuros da aldeia. Os viajantes o seguiram; as asas dobradas de seus corcéis roçavam os telhados baixos de junco de ambos os lados.

— Kyo, o que é *pedanar*?

O homenzinho sorriu.

— Yahan, que palavra é essa, *pedanar*?

O jovem servo, um sujeito bem-humorado e ingênuo, pareceu apreensivo.

— Bem, Senhor, um *pedan* é... aquele que anda entre os homens...

Rocannon assentiu, ávido até mesmo por aquele fragmento de informação. Como era um estudioso da espécie, não um aliado, continuou à procura de sua religião; mas eles pareciam não ter nenhuma crença. No entanto, eram bastante crédulos. Aceitavam feitiços, maldições e poderes estranhos como fatos, e a relação que tinham com a natureza era intensamente animista; mas não tinham deuses. Essa palavra, enfim, cheirava ao sobrenatural. Não ocorreu a Rocannon na época que a palavra fora aplicada a si mesmo.

Foram necessárias três das tristes cabanas para abrigar os sete, e os corcéis-de-vento, grandes demais para caber em qualquer casa da aldeia, tiveram de ser amarrados do lado de fora. As bestas, amontoadas, eriçavam os pelos contra o vento cortante vindo do mar. O corcel listrado de Rocannon arranhou a parede e reclamou com um miado estrondoso até que Kyo saiu e coçou suas orelhas.

— O pior o aguarda em breve, pobre besta — falou Mogien, sentando-se ao lado de Rocannon perto do fogareiro que aquecia a cabana. — Eles odeiam água.

— Em Hallan, você disse que eles não voariam sobre o mar, e os aldeões daqui certamente não têm navios que os possam transportar. Como vamos atravessar o canal?

— Você tem seu desenho das terras? — perguntou Mogien.

Os angyar não tinham mapas, e Mogien ficou fascinado com os mapas do Levantamento Geográfico no *Manual*. Rocannon tirou o livro da velha bolsa de couro que tinha levado de mundo a mundo, e que continha o parco equipamento que trazia consigo em Hallan quando a nave foi bombardeada — o *Manual*, cadernos, veste e arma, estojo médico e rádio, um jogo de xadrez terrano e um volume surrado de poesia hainiana. No início, ele manteve o colar de safira com aquelas coisas, mas na noite anterior, oprimido pelo valor do objeto, costurou o pingente em um saquinho de couro macio de barilor e colocou o colar em volta do próprio pescoço, sob a camisa e o manto, de modo que parecia um amuleto e não podia ser perdido a menos que sua cabeça também fosse.

Mogien seguiu com um dedo indicador longo e firme os contornos dos dois continentes ocidentais no ponto em que se encontravam: o extremo sul de Angien, com os dois golfos profundos e um gordo promontório entre eles estendendo-se para o Sul; e do outro lado do canal, o cabo mais setentrional do Continente Sudoeste, que Mogien chamou de Fiern.

— Estamos aqui — indicou Rocannon, colocando uma vértebra do peixe do jantar na ponta do promontório.

— E aqui, se esses comedores de peixe falam a verdade, é um castelo chamado Plenot. — Mogien colocou uma segunda vértebra um centímetro a leste da primeira e a admirou. — Uma torre vista de cima se parece muito com isso. Quando eu voltar a Hallan, enviarei cem homens em corcéis para observar a terra, e a partir de seus desenhos esculpiremos em pedra uma grande imagem de toda Angien. Agora, em Plenot haverá navios, provavelmente os navios deste lugar, Tolen, e também os próprios. Houve uma rixa entre esses dois pobres senhores, por isso Tolen está agora cheio de vento e noite. Segundo o que o ancião disse a Yahan.

— Plenot nos emprestará navios?

— Plenot não nos *emprestará* nada. O Senhor de Plenot é um Errante. — Isso, no complexo código de relações entre os domínios angyar, significava um senhor que fora banido pelos demais, um fora da lei, não sujeito às regras de hospitalidade, represália ou restituição.

— Ele só tem dois corcéis-de-vento — explicou Mogien, desafivelando o cinturão para a noite. — E seu castelo, dizem, é feito de madeira.

Na manhã seguinte, enquanto voavam contra o vento rumo àquele castelo de madeira, um guarda os avistou quase ao mesmo tempo que eles avistaram a torre. Os dois corcéis do castelo logo chegaram ao lugar, circundando a torre; nesse instante, eles conseguiram distinguir pequenas figuras com arcos pendurados nas frestas das janelas. Evidentemente, um Senhor Errante não esperava nenhum amigo. Rocannon também percebia agora por que os castelos angyar eram cobertos, o que os tornava cavernosos e escuros por dentro, mas os protegia de inimigos aéreos. Plenot era um lugar pequeno, ainda mais rústico do que Tolen, desprovido de uma aldeia de plebeus, empoleirado em um contraforte de rochas escuras acima do mar; porém por mais pobre que fosse, a confiança de Mogien de que seis homens poderiam subjugá-lo parecia excessiva. Rocannon puxou as rédeas da montaria, levou a mão para a longa lança de combate aéreo que Mogien lhe dera e amaldiçoou a própria sorte e a si mesmo. Aquilo não era lugar para um etnólogo de quarenta e três anos.

Mogien, voando bem à frente em seu corcel preto, ergueu a lança e gritou. A montaria de Rocannon baixou a cabeça e se deteve em pleno voo. As asas em preto e cinza giravam para cima e para baixo como cataventos; o corpo longo, grosso e leve estava tenso, vibrando com o poderoso batimento cardíaco. O vento passava assobiando, e a torre de Plenot, com telhado de palha, parecia se lançar na direção deles, circundada por dois grifos empinados. Rocannon agachou-se sobre o dorso do corcel-de-vento, sua longa lança pronta. Uma felicidade, um antigo deleite inflava-se dentro de si, que ria levemente ao cavalgar ao vento. A torre trepidante e os dois guardas alados estavam cada vez mais perto e, de repente, com um grito agudo em falsete, Mogien arremessou sua lança, um raio de prata no ar. Acertou um cavaleiro bem no peito, rompendo suas rédeas com a força do golpe, arqueando-o sobre as ancas do corcel e, em um movimento aparentemente lento, derrubando-o da altura de mais de noventa metros até a rebentação que se abatia silenciosamente nas rochas. Mogien passou direto pelo corcel sem cavaleiro e iniciou um combate contra o outro guarda, lutando corpo a corpo, tentando acertar um golpe de espada na lança que o oponente não atirava, mas usava para perfurar e se defender. Em suas montarias brancas e cinza, quatro plebeus pairavam perto como pombos aterrorizantes, prontos para ajudar, mas sem interferir no duelo de seu senhor, apenas sobrevoando-o em círculos, alto o bastante para que os arqueiros abaixo não pudessem perfurar a barrigueira de couro dos corcéis. Mas, de repente, todos os quatro, com aquele angustiante grito em falsete, entraram no duelo. Por um instante, viu-se no ar apenas um emaranhado de asas brancas e aço cintilante. Do emaranhado caiu uma figura que parecia estar tentando se deitar no ar, virando para um lado e para o outro com os membros soltos em busca de conforto, até atingir o telhado do castelo e deslizar para um leito de rochas.

Agora Rocannon entendia por que eles se juntaram ao duelo: o guarda quebrara as regras e tinha atacado o corcel, não o cavaleiro. A montaria de Mogien, com uma mancha de sangue púrpura na asa preta, planava em direção às dunas. À sua frente seguia a dupla de plebeus perseguindo os dois corcéis sem cavaleiros que voavam em círculos, na tentativa de chegar em segurança aos estábulos do castelo. Rocannon os impediu, conduzindo seu corcel direto na direção deles sobre os telhados do castelo. Ele viu quando Raho capturou uma das criaturas com um longo lance de corda e, no mesmo instante, sentiu algo picar sua perna. Seu sobressalto assustou o corcel, agitando-o; ele também o freou com dureza, e o corcel arqueou as costas e, pela primeira vez desde que Rocannon o montara, começou a pinotear, dançar e empinar para todos os lados no vento que soprava sobre o castelo. Flechas passavam à sua volta como uma chuva invertida. Os plebeus e Mogien, montado em um corcel amarelo de olhos arregalados, passaram por ele gritando e rindo. Sua montaria se estabilizou e os seguiu.

— Pegue, Senhor das Estrelas! — gritou Yahan, e um cometa de cauda preta arqueava-se em sua direção. Ele o pegou em legítima defesa, viu que era uma tocha de resina acesa e juntou-se aos outros que sobrevoavam o castelo em círculos, tentando atear fogo no telhado de palha e nas vigas de madeira.

— Você tem uma flecha na perna esquerda — avisou Mogien ao passar por Rocannon, que riu como se aquilo fosse hilariante e atirou sua tocha direto na fresta de uma janela onde um arqueiro se debruçava. — Belo arremesso! — gritou Mogien, e mergulhou rumo ao telhado da torre, emergindo em meio a uma labareda.

Yahan e Raho estavam de volta com mais círculos de fogo fumacentos que acenderam nas dunas e deixavam cair onde quer que vissem juncos ou madeira para incendiar. A torre agora elevava-se como uma fonte ardente de faíscas e os corcéis-de-vento, enfurecidos pela constante tensão nas rédeas e pelas faíscas salpicando seu pelo, continuaram mergulhando em direção aos telhados do castelo, expelindo um rugido muito assustador de se ouvir. A chuva ascendente de flechas havia cessado, e um homem saía correndo para o pátio frontal do castelo usando o que parecia ser uma tigela de madeira na cabeça, segurando nas mãos o que Rocannon inicialmente pensou ser um espelho, mas depois percebeu ser uma vasilha cheia de água. Puxando as rédeas da fera amarela, que ainda tentava voltar ao estábulo, Mogien cavalgou acima do homem e gritou:

— Fale rápido! Meus homens estão acendendo novas tochas!

— De que domínio, Senhor?

— Hallan!

— O Senhor Errante de Plenot deseja tempo para apagar os incêndios, Senhor de Hallan!

— Em troca das vidas e tesouros dos homens de Tolen, concedo-o.

— Assim seja! — gritou o homem, que, ainda segurando a tigela cheia de água, voltou trotando para o castelo. Os atacantes retiraram-se para as dunas e observaram o povo de Plenot correndo para manejar a bomba e montar uma brigada com baldes de água do mar. A torre foi destruída pelo fogo, mas as paredes e o salão foram mantidos em pé. Havia apenas algumas dezenas deles, contando algumas mulheres. Quando o fogo cessou, um grupo deixou o portão e veio caminhando pelo contraforte rochoso e subindo as dunas. Na frente vinha um homem alto e magro de pele amarronzada e os cabelos de fogo dos angyar; atrás dele, dois soldados ainda usando seus capacetes de tigela e, mais atrás, seis homens e mulheres esfarrapados olhando de um lado para o outro, envergonhados. O homem alto segurava com as duas mãos a vasilha de argila cheia de água.

— Sou Ogoren de Plenot, o Senhor Errante deste domínio.

— Eu sou o herdeiro de Halla, Mogien.

— As vidas do povo de Tolen são suas, Senhor. — Ele indicou com a cabeça o grupo de esfarrapados atrás dele. — Nenhum tesouro estava em Tolen.

— Havia dois drácares, Errante.

— Do Norte o dragão voa, vendo todas as coisas — disse Ogoren, com bastante amargura. — Os navios de Tolen são seus.

— E você terá seus corcéis-de-vento de volta quando os navios estiverem no cais de Tolen — prometeu Mogien, magnânimo.

— Por qual outro senhor tive a honra de ser derrotado? — perguntou Ogoren, lançando um olhar para Rocannon, que usava todo o equipamento e armadura de bronze de um guerreiro angyar, mas sem espadas. Mogien também olhou para o amigo, e Rocannon respondeu com o primeiro pseudônimo que lhe veio à mente, o nome com que Kyo o chamava — "Olhor", o Nômade.

Ogoren contemplou-o com curiosidade, então curvou-se para ambos e disse:

— A vasilha está cheia, Senhores.

— Que a água não seja derramada e o pacto não seja rompido!

Ogoren virou-se e caminhou com seus dois homens de volta para o forte fumarento, sem olhar para os prisioneiros libertos amontoados na duna. A estes, Mogien apenas pediu:

— Levem meu corcel-de-vento; sua asa foi ferida.

E montando outra vez a besta amarela de Plenot, ele alçou voo. Rocannon seguiu-o, olhando para trás, para o pequeno grupo desolado que começava a caminhada de volta para o próprio domínio em ruínas.

No momento em que chegou a Tolen, seu espírito guerreiro esmorecera e ele estava amaldiçoando a si mesmo outra vez. De fato, havia uma flecha saindo de sua panturrilha esquerda quando ele apeou na duna, que não doía até que a arrancou num único puxão para analisar se a ponta era farpada, e era. Os angyar certamente não usaram veneno, mas sempre havia o envenenamento do sangue. Influenciado pela coragem autêntica dos companheiros, ele teve vergonha de usar sua impermaveste protetora invisível durante aquela incursão. Mesmo possuindo uma armadura capaz de resistir a uma arma a laser, ele poderia morrer naquele maldito casebre por causa do arranhão de uma flecha com ponta de bronze. E se pôs a salvar um planeta, quando não era capaz sequer de salvar a própria pele.

O plebeu mais velho de Hallan, um sujeito quieto e atarracado chamado Iot, entrou e, quase sem palavras, educado, ajoelhou-se, lavou e enfaixou o ferimento de Rocannon. Mogien entrou em seguida, ainda em traje de batalha, parecendo ter três metros de altura devido ao penacho do capacete e ao um metro e meio de largura nos ombros exagerados pela rígida ombreira de sua armadura. Atrás dele veio Kyo, silencioso como uma criança entre os guerreiros de raça mais forte. Então entraram Yahan, Raho e o jovem Bien, o que fez as fendas da cabana rangerem quando todos se agacharam ao redor do fogareiro. Yahan encheu sete taças de prata, que Mogien passou solenemente aos demais. Todos beberam. Rocannon começou a se sentir melhor. Mogien perguntou-lhe sobre o ferimento e Rocannon se sentiu melhor ainda. Eles beberam mais *vaskan*, enquanto o rosto assustado e admirado de cada um dos aldeões espiava por um instante na passagem da viela iluminada pelo crepúsculo. Rocannon sentia-se generoso e heroico. Eles comeram e beberam mais, e então na cabana abafada fedendo a fumaça, peixe frito, graxa de arreio e suor, Yahan levantou-se com uma lira de bronze e cordas de prata e cantou. Ele cantou sobre Durholde de Hallan, que libertou os prisioneiros de Korhalt, nos dias do Senhor Vermelho nos pântanos de Born; e depois de cantar a linhagem de cada guerreiro naquela batalha e cada golpe desferido, prosseguiu cantando sobre a libertação do povo de Tolen, o incêndio da Torre Plenot, a tocha do Nômade queimando através de uma chuva de flechas, o grande golpe desferido por Mogien, o herdeiro de Halla, a lança arremessada contra o vento encontrando seu alvo como a lança infalível de Hendin nos tempos antigos. Rocannon permaneceu sentado, bêbado e alegre, viajando pelo rio da canção, sentindo-se agora totalmente comprometido, unido por seu sangue derramado àquele mundo ao qual havia chegado como um estranho atravessando os abismos da noite. Ao lado, de vez em quando, ele sentia a presença do pequeno fian, sorridente, alheio, sereno.

IV

O mar estendia-se em longas ondas enevoadas sob uma chuva fumegante. Não restava nenhuma cor no mundo. Dois corcéis-de-vento, com as asas presas e acorrentados na popa do barco, choravam e uivavam, e sobre as ondas, em meio à chuva e à névoa, veio um eco triste do outro barco.

Passaram muitos dias em Tolen, esperando até que a perna de Rocannon se curasse e o corcel preto pudesse voar novamente. Embora esses fossem motivos para esperar, a verdade era que Mogien estava relutante em partir, em cruzar o mar que deveriam cruzar. Sozinho, ele vagou pelas areias cinzentas entre as lagoas abaixo de Tolen, talvez encarando a premonição que ocorrera à mãe, Haldre. Tudo o que pôde dizer a Rocannon foi que o som e a visão do mar o deixavam com o coração pesado. Quando enfim o corcel preto estava curado por completo, ele decidiu, inesperadamente, mandá-lo de volta para Hallan aos cuidados de Bien, como se salvasse uma criatura valiosa do perigo. Eles também concordaram em deixar os dois corcéis de carga e a maioria da carga para o velho Senhor de Tolen e seus sobrinhos, que ainda se esforçavam para consertar o castelo frio. Por isso, agora, nos dois barcos com cabeças de dragão no mar chuvoso estavam apenas seis viajantes e cinco corcéis, todos encharcados, e a maioria reclamava.

Dois pescadores rabugentos de Tolen navegavam no outro barco. Yahan estava tentando confortar os corcéis acorrentados com um longo e monótono lamento por um nobre morto havia muito tempo; Rocannon e o fian, sob mantos com os capuzes puxados sobre a cabeça, estavam na proa.

— Kyo, uma vez você falou sobre montanhas ao sul.

— Ah, sim — disse o homenzinho, olhando rapidamente para o norte, para a costa perdida de Angien.

— Você sabe alguma coisa sobre as pessoas que vivem nas terras do sul... em Fiern?

O *Manual* não ajudava muito; sendo que foi justamente para preencher suas grandes lacunas que ele promovera o Levantamento ali. O *Manual* postulava a existência de cinco Formas de Vida de Alta Inteligência no planeta, mas descrevia apenas três: os angyar/olgyior, os fiia e os gdemiar, além de uma espécie não humanoide encontrada no grande Continente Oriental, do outro lado do planeta. As notas dos geógrafos sobre o Continente Sudoeste eram meros rumores: *Espécie não confirmada ?4: Grandes humanoides que habitam grandes cidades (?). Espécie não confirmada ?5: Marsupiais alados.* Em suma, aquilo era tão útil quanto Kyo, que muitas vezes parecia acreditar que Rocannon sabia as respostas para todas as perguntas que fazia, e agora respondia como uma criança em idade escolar:

— Em Fiern vivem as Raças Antigas, não é? — Rocannon teve de se contentar em olhar para o sul, para a névoa que escondia a terra duvidosa, enquanto a chuva fria escorria por seu pescoço, e as grandes bestas presas uivavam.

Durante a travessia, ele pensou ter ouvido uma vez o barulho de um helicóptero no alto e ficou feliz porque a névoa os escondia; depois, deu de ombros. Por que se esconder? O exército que estivesse usando aquele planeta como base para a guerra interestelar não ficaria muito assustado ao ver dez homens e cinco gatos domésticos muito grandes chacoalhando na chuva em dois barcos furados...

Eles navegaram em uma órbita imutável de chuva e ondas. Uma penumbra enevoada ergueu-se da água. Uma noite longa e fria se passou. A luz acinzentada cresceu, revelando névoa, chuva e ondas. Então, de repente, os dois marinheiros carrancudos de cada barco ganharam vida, timoneando e mantendo os olhares ansiosos à frente. Um penhasco assomou de repente os barcos, fragmentário sob o emaranhado da bruma. Ao contornarem sua base, penedos e árvores, cujo crescimento foi impedido pelo vento, pendiam alto sobre as velas.

Yahan estava questionando um dos marinheiros.

— Ele diz que vamos passar pela foz de um grande rio e do outro lado fica o único local para aportar por um longo caminho.

Ao mesmo tempo em que falava, as rochas salientes recuaram sob uma neblina mais espessa, redemoinhando sobre o barco, que rangeu quando uma nova corrente atingiu a quilha. A cabeça sorridente de dragão na proa balançou e virou. A atmosfera era branca e opaca, e a água que batia e fervia nas laterais, opaca e vermelha. Os marinheiros gritaram entre si e com o outro barco.

— O rio está cheio — explicou Yahan. — Eles estão tentando virar... espere!

Rocannon pegou o braço de Kyo quando o barco deu uma guinada, balançou e girou nas contracorrentes, fazendo um tipo de dança maluca enquanto os marinheiros lutavam para estabilizá-lo na névoa ofuscante que escondia a água, e os corcéis-de-vento lutavam para soltar suas asas, rosnando de terror.

A cabeça de dragão parecia estar avançando firme outra vez quando, atingida por uma rajada de vento carregado de neblina, o barco inútil balançou e adernou. A vela atingiu a água com um estalo, grudando como se estivesse colada, e virou o barco de lado. A água quente e vermelha alcançou calmamente o rosto de Rocannon, cobriu-lhe a boca, os olhos. Ele se agarrou ao que estava segurando, seja lá o que fosse, e lutou para reencontrar o ar. Era o braço de Kyo que ele segurava, e os dois se debateram no mar selvagem, quente como sangue, que os agitava e os puxava cada vez para mais longe do barco virado. Rocannon gritou por socorro e sua voz dissipou-se no silêncio vazio da névoa sobre as águas. Será que havia uma costa ali... para que lado, a que distância? Ele nadou atrás do casco escurecido do barco, Kyo se arrastando em seu braço.

— Rocannon!

A proa em forma de cabeça de dragão do outro barco apareceu sorrindo em meio ao caos. Mogien estava no mar, lutando contra a corrente ao lado de Rocannon, colocando-lhe uma corda nas mãos e ao redor do peito de Kyo. Rocannon viu o rosto de Mogien com nitidez, as sobrancelhas arqueadas e o cabelo amarelo escurecido pela água. Eles foram alçados para dentro do barco, Mogien por último.

Yahan e um dos pescadores de Tolen foram apanhados logo depois. O outro marinheiro e os dois corcéis-de-vento morreram afogados, presos sob o barco. Eles estavam bem longe na baía quando as correntes de inundação e os ventos do desfiladeiro do rio enfraqueceram. Lotado de homens ensopados e calados, o barco ondulou pela água vermelha e pela neblina espiralada.

— Rocannon, como é que você não está molhado?

Ainda atordoado, Rocannon baixou os olhos para sua veste encharcada e não entendeu. Kyo, sorridente e trêmulo de frio, respondeu por ele:

— O Nômade usa uma segunda pele. — Então Rocannon compreendeu e mostrou a Mogien a "pele" de sua impermaveste, que vestira para se aquecer no frio úmido da noite anterior, deixando apenas a cabeça e as mãos nuas. Por isso ainda a usava, e o Olho do Mar ainda estava escondido em seu peito; no entanto, seu rádio, seus mapas, sua arma, todos os outros vínculos com sua própria civilização se foram.

— Yahan, você vai voltar para Hallan.

O servo e seu mestre estavam frente a frente na costa das terras do sul, no meio da neblina, as ondas sibilando a seus pés. Yahan não respondeu.

Eram seis cavaleiros agora, com três corcéis-de-vento. Kyo poderia andar com um plebeu e Rocannon com outro, mas Mogien era um homem muito pesado para montar em dupla por longas distâncias; para poupar os corcéis-de-vento, o terceiro plebeu deveria voltar com o barco para Tolen. Mogien havia decidido que Yahan, o mais novo, deveria ir.

— Não o mando de volta por nada de errado que você fez ou deixou de fazer, Yahan. Agora vá... Os marinheiros estão esperando.

O servo não se mexeu. Atrás dele, os marinheiros estavam apagando aos chutes a fogueira junto a qual tinham terminado de comer. Faíscas pálidas voavam, efêmeras, na neblina.

— Senhor Mogien — sussurrou Yahan —, mande Iot de volta.

O rosto de Mogien ficou sombrio e ele colocou a mão no punho da espada.

— Vá, Yahan!

— Não irei, Senhor.

A espada saiu sibilando da bainha, e Yahan, com um grito de desespero, esquivou-se indo para trás, virou-se e desapareceu na neblina.

— Esperem por ele um instante! — gritou Mogien aos marinheiros, com o rosto impassível. — Depois, sigam seu caminho. Devemos seguir o nosso agora. Pequeno Senhor, pode montar meu corcel enquanto ele caminha? — Kyo sentou-se encolhido como se estivesse com muito frio; ele não tinha comido nem dito uma palavra desde que desembarcaram na costa de Fiern.

Mogien o colocou na sela do corcel cinza e caminhou junto à cabeça da besta, levando-os pela praia para longe do mar. Rocannon seguiu-o, olhando para Yahan, atrás, e Mogien, à frente, pensando no ser estranho, seu amigo, que um momento antes teria matado um homem com uma fúria fria e no momento seguinte falava com gentileza simples. Arrogante e leal, implacável e gentil, até em sua desarmonia Mogien era nobre.

O pescador falara que existia um assentamento a leste daquela enseada, então agora eles iam para o leste na névoa pálida que os cercava em uma cúpula suave de ofuscamento.

Montados em corcéis-de-vento, poderiam ter ultrapassado a camada de neblina, mas os grandes animais, exaustos e irritados depois de ficarem dois dias amarrados no barco, não queriam voar. Mogien, Iot e Raho os guiavam e Rocannon vinha atrás, mantendo uma vigilância furtiva para Yahan, de quem gostava. Ele mantivera a impermaveste no corpo para se aquecer, ainda que sem a parte da touca, que o isolava totalmente do mundo. Mesmo assim, sentia-se desconfortável na névoa ofuscante, caminhando por uma costa desconhecida, e vasculhava a areia no caminho em busca de algum tipo de cajado ou bastão. Entre os sulcos deixados pelo arrastar de asas dos corcéis-de-vento, as fitas de algas marinhas e a espuma de sal seca, ele viu um longo bastão branco de madeira trazido pelo mar; Rocannon tirou-o da areia e se sentiu mais à vontade, armado. Mas, ao parar, ficou muito para trás. Correu, seguindo os rastros dos companheiros em meio à névoa. Uma figura surgiu à sua direita. Ele soube de imediato que não era nenhum dos companheiros, e levantou o bastão como se fosse um bastão de luta, mas foi agarrado por trás e puxado. Algo como couro molhado tampava sua boca. Ele se debateu e foi recompensado com um golpe na cabeça que o deixou inconsciente.

Quando os sentidos voltaram, gradual e dolorosamente, percebeu estar deitado de costas na areia. Bem acima de si, duas grandes figuras nebulosas discutiam em tom ponderado. Rocannon compreendeu apenas parte do dialeto olgyior que falavam.

— Deixa essa coisa aqui — disse um, e o outro respondeu algo como:

— Mata essa coisa aqui, ela não tem nada.

Ao ouvir isso, Rocannon rolou de lado, puxou a touca do traje sobre a cabeça e o rosto e o selou. Um dos gigantes virou-se para espiá-lo e viu que ele era só um plebeu robusto embrulhado em peles.

— Leve essa coisa para o Zgama, talvez Zgama a queira — falou o outro.

Depois de mais discussão, Rocannon foi erguido pelos braços e arrastado em uma corrida. Ele se debateu, mas sua cabeça estava zonza e a neblina havia impregnado seu cérebro. Ele tinha alguma consciência da névoa se tornando mais escura, de vozes, de uma parede de pau a pique entremeada com junco e uma tocha acesa em uma arandela. E então um teto, mais vozes, e a escuridão. Por fim, de bruços no chão de pedra, Rocannon recobrou a consciência e ergueu a cabeça.

Perto dele, um fogo alto ardia em uma lareira do tamanho de uma cabana. Pernas nuas e barras de peles esfarrapadas a cercavam. Erguendo mais a cabeça, viu o rosto de um homem: um plebeu, de pele branca, cabelos pretos, barba densa, vestido com peles listradas de verde e preto, um chapéu de pele quadrado na cabeça.

— O que você é? — quis saber o homem, falando em tom áspero, baixando o olhar para Rocannon.

— Eu... eu peço a hospitalidade deste salão — respondeu Rocannon quando se pôs de joelhos. Naquele momento, ele não conseguia ir além disso.

— Você já recebeu um pouco dela — retrucou o barbudo, observando-o apalpar um caroço em sua nunca. — Quer mais?

As pernas enlameadas e os trapos de pele ao redor de Rocannon agitavam-se, olhos escuros esbugalhados espreitavam, faces brancas sorriam.

Rocannon se levantou e se endireitou. Ficou calado e imóvel até que seu equilíbrio fosse firme e a dor que martelava seu crânio diminuísse. Então, ergueu a cabeça e olhou nos olhos pretos brilhantes de seu captor.

— Você é Zgama — afirmou.

O barbudo deu um passo para trás, parecendo assustado. Rocannon, que tinha estado em situações difíceis em vários mundos, explorou sua vantagem da melhor forma possível.

— Sou Olhor, o Nômade. Venho do Norte e do mar, da terra atrás do sol. Venho em paz e sigo em paz. Passando pelo Salão de Zgama, vou para o Sul. Que nenhum homem me detenha!

— Ahh! — exclamaram todas as bocas abertas nos rostos brancos, olhando para Rocannon, que manteve os olhos inabaláveis em Zgama.

— Eu sou o mestre aqui — advertiu o homem grande, em voz áspera e apreensiva. — Ninguém passa por mim!

Rocannon não falou nem piscou.

Zgama percebeu que naquela batalha de olhares ele estava perdendo: todo o seu povo ainda contemplava o estranho com olhos arregalados.

— Pare de encarar! — berrou o homem.

Rocannon não se mexeu, percebendo que estava enfrentando uma natureza desafiadora, mas era tarde demais para mudar de tática agora.

— Pare de encarar! — urrou Zgama outra vez; em seguida, puxou uma espada que estava sob seu manto de pele, girou-a e com um tremendo golpe atingiu a cabeça do estranho.

Mas a cabeça do estranho não caiu. Ele cambaleou, mas o golpe da espada de Zgama havia ricocheteado como se atingisse uma rocha. Todas as pessoas ao redor do fogo sussurraram:

— Ahhh!

O estranho se estabilizou e ficou imóvel, com os olhos fixos em Zgama, que hesitou, quase recuou para deixar aquele estranho prisioneiro ir embora. Mas a obstinação de sua raça venceu a perplexidade e o medo.

— Peguem... agarrem os braços dele! — urrou o grande homem e, como seus servos não se moveram, ele mesmo agarrou os ombros de Rocannon e o girou. Diante disso, os homens avançaram, e Rocannon não ofereceu resistência. Seu traje o protegia de elementos externos, temperaturas extremas, radioatividade, choques e golpes de velocidade e peso moderados, como o impacto de espadas ou projéteis, mas não podia tirá-lo do alcance de dez ou quinze homens fortes.

— Nenhum homem passa pelo Salão de Zgama, Mestre de Baía Longa! — O homem grande deu vazão à raiva quando seus capangas mais corajosos imobilizaram Rocannon. — Você é um espião dos cabeças-amarelas de Angien. Eu os conheço! Vocês chegam com conversa angyar, feitiços e truques, e os barcos-dragão seguem vocês para o norte. Neste lugar, não! Eu sou o mestre dos Sem Mestre. Deixe os cabeças-amarelas e seus escravos aduladores virem até aqui... Vamos dar-lhes um gostinho de bronze! Você rasteja para fora do mar pedindo um lugar junto ao meu fogo, não é? Eu o aquecerei, espião. Vou oferecer-lhe carne assada, espião. Amarre-o na estaca ali! — Sua arrogância brutal encorajou as pessoas, que se acotovelaram para ajudar a amarrar o estranho a uma das estacas da lareira que sustentavam um grande espeto sobre o fogo e empilharam lenha em volta das pernas de Rocannon.

Em seguida, todos ficaram em silêncio. Zgama se aproximou, implacável e grandioso sob suas peles, pegou um galho em chamas da fogueira e sacudiu-o nos olhos de Rocannon, e então incendiou a pira. Em um instante as roupas de Rocannon, o manto marrom e a túnica de Hallan, pegaram fogo, queimando em torno de sua cabeça, em seu rosto.

— Ahhh. — Todos os observadores sussurraram de novo, mas um deles gritou:

— Olhem! — Quando a labareda diminuiu, viram através da fumaça a figura que permanecia imóvel, com as chamas lambendo suas pernas, encarando Zgama. No peito nu, pendia uma corrente de ouro, onde uma grande joia brilhava, como um olho.

— Pedan, pedan — lamentavam as mulheres, encolhidas em cantos escuros.

Zgama rompeu o silêncio do pânico com a voz colérica.

— Ele vai queimar! Deixem queimar! Deho, jogue mais lenha, o espião não está assando rápido o bastante. — Ele empurrou um garotinho na direção da luz do fogo alto e faiscante, forçando-o a juntar mais lenha à pira. — Não tem nada para comer? Tragam comida, mulheres! Você viu nossa hospitalidade, Olhor, viu como comemos? — Ele pegou um pedaço de carne que uma mulher lhe ofereceu em uma bandeja e ficou na frente de Rocannon, rasgando-a, deixando o sumo escorrer pela barba. Alguns dos capangas o imitaram, mantendo-se um pouco mais afastados. A maioria não se aproximou daquela extremidade da lareira, mas Zgama os fez comer, beber e gritar, e alguns dos meninos se desafiaram a se aproximar o bastante para adicionar um graveto à pira onde o homem mudo e calmo tinha chamas brincando por sua pele iluminada de vermelho e estranhamente brilhante.

O fogo e o barulho enfim cessaram. Homens e mulheres dormiam encolhidos no chão em seus trapos de pele, nos cantos, sobre as cinzas quentes. Dois homens vigiavam, com espada sobre os joelhos e cantil na mão.

Rocannon deixou que seus olhos se fechassem. Cruzando dois dedos, abriu o fecho da touca do traje e respirou ar fresco outra vez. A longa noite passou devagar; o longo amanhecer clareou. Na luz cinzenta do dia, através da névoa que entrava pelas frestas das janelas, Zgama deslizou nas manchas gordurosas do chão e, passando por cima de corpos que roncavam, olhou para seu prisioneiro. O olhar do cativo era sério e firme; o do captor, impotentemente desafiador.

— Queime, queime — rosnou Zgama, e partiu.

Do lado de fora do precário salão, Rocannon ouviu o arrulho murmurante de herilor, animais gordos de penas domesticados para o consumo de carne dos angyar, mantidos com as asas cortadas e que talvez pastassem nas falésias. O salão se esvaziou, exceto por alguns bebês e mulheres, que ficaram bem longe dele, mesmo quando chegou a hora de assar a carne da noite.

A essa altura, Rocannon estava preso havia trinta horas e sofria com a dor e a sede. Era ela o seu limite, a sede. Ele podia ficar sem comer por muito tempo e supunha que poderia ficar acorrentado por um tempo igualmente longo, embora sua cabeça já estivesse zonza, mas sem água ele só conseguiria aguentar mais um daqueles longos dias.

Impotente como estava, não havia nada que pudesse dizer a Zgama, como ameaça ou suborno, que simplesmente não aumentasse a obstinação do bárbaro.

Naquela noite, ao mesmo tempo que o fogo dançava diante de seus olhos, Rocannon observou através das chamas o rosto barbudo, pesado e branco de Zgama; em sua mente, ele continuava vendo um rosto diferente, escuro, de cabelos claros: Mogien, a quem ele passou a amar como amigo e, em certa medida, como filho. Enquanto a noite e o fogo perduraram, pensou também no pequeno fian Kyo, infantil e misterioso, ligado a ele de uma maneira que não tentou entender; e viu Yahan cantando sobre heróis; e Iot e Raho resmungando e rindo juntos enquanto adulavam os grandes corcéis alados; e Haldre soltando a corrente de ouro do pescoço. Nada lhe ocorreu de toda a sua vida anterior, embora tivesse vivido muitos anos em muitos mundos, aprendido muito, realizado muito. Tudo isso fora queimado. Ele pensou que estava em Hallan, no longo salão decorado com tapeçarias de homens lutando contra gigantes, e que Yahan estava lhe oferecendo uma tigela de água.

— Beba, Senhor das Estrelas. Beba.

E ele bebeu.

V

Feni e Feli, as duas luas maiores, dançavam em reflexos brancos na água enquanto Yahan segurava uma segunda tigela para que ele bebesse. A lareira tinha um brilho mortiço apenas em alguns carvões. O salão estava escuro, salpicado de manchas e raios de luar, e silencioso, exceto pela respiração e o movimento das muitas pessoas adormecidas.

Enquanto Yahan soltava com cuidado as correntes, Rocannon inclinou todo o peso das costas contra o poste, pois suas pernas estavam dormentes e ele não conseguia se sustentar sem um apoio.

— Eles vigiaram o portão externo a noite toda — sussurrava Yahan em seu ouvido — e os guardas ficam acordados. Amanhã, quando levarem os rebanhos para…

— Amanhã à noite. Não posso correr. Vou precisar blefar. Prenda a corrente para que eu possa apoiar meu peso nela, Yahan. Prenda o gancho aqui, perto de minha mão. — Um dos que dormiam ali perto sentou-se bocejando e, com um sorriso que cintilou por um instante sob o luar, Yahan afundou e pareceu derreter nas sombras.

Rocannon o viu de madrugada saindo com os outros homens para levar os herilor ao pasto, vestindo uma pele enlameada igual aos demais, o cabelo preto espetado como uma escova. Mais uma vez, Zgama apareceu e fez uma careta para o cativo. Rocannon sabia que o homem teria dado metade de seus rebanhos e esposas para se livrar de seu hóspede sobrenatural, mas estava preso na própria crueldade: o carcereiro é o prisioneiro do prisioneiro. Zgama dormiu nas cinzas quentes, que haviam coberto seu cabelo, de modo ele se parecia mais com um homem queimado do que Rocannon, cuja pele nua resplandecia, branca. Ele caminhou para fora e outra vez o salão ficou vazio durante a maior parte do dia, embora os guardas permanecessem na porta. Rocannon melhorou sua percepção do tempo com exercícios musculares furtivos. Quando uma mulher que passava o surpreendeu se alongando, ele se alongou mais, balançando e emitindo um canto baixo, estranho. Ela caiu de quatro e saiu correndo, lamuriando-se.

A névoa do crepúsculo soprava nas janelas, mulheres mal-humoradas cozinhavam um ensopado de carne e algas marinhas, os rebanhos estavam de volta, arrulhando às centenas lá fora, e Zgama e seus homens entraram, com gotas de névoa brilhando em suas barbas e peles. Sentaram-se no chão para comer. O lugar zunia, fedia e fumegava. A tensão de retornar, a cada noite, para o desconhecido estava se evidenciando; os rostos estavam sombrios, as vozes, agressivas.

— Aumentem o fogo... ele ainda vai assar! — gritou Zgama, dando um pulo para empurrar um tronco em chamas na pira. Nenhum dos homens se moveu.

— Vou comer seu coração, Olhor, quando ele estiver frito entre suas costelas! E usarei aquela pedra azul como joia em meu nariz! — Zgama estava trêmulo de raiva, enfurecido pelo olhar silencioso e firme que suportava havia duas noites. — Vou fazer você calar seus olhos! — gritou ele, então ergueu um bastão pesado do chão e o deixou cair, causando um estrondo sibilante sobre a cabeça de Rocannon, e deu um salto para trás no mesmo instante, como se tivesse medo do que manipulava. O bastão caiu entre as toras ardentes e ficou preso em um ângulo.

Lentamente, Rocannon estendeu a mão direita, fechou o punho sobre o bastão e o tirou do fogo. A extremidade estava em chamas. Rocannon o ergueu até apontá-lo para os olhos de Zgama, e devagar deu um passo à frente. As correntes caíram. O fogo saltava e se desfazia em faíscas e brasas ao redor de seus pés descalços.

— Fora! — gritou Rocannon, lançando-se sobre Zgama, que recuou um passo e depois outro. — Você não é o mestre aqui. O homem sem lei é um escravizado, o homem cruel é um escravizado, o homem estúpido é um escravizado. Você é meu escravizado, e eu o comando como a uma besta. Fora!

Zgama segurou os dois lados do batente da porta, mas o cajado em chamas veio na direção de seus olhos, fazendo-o se encolher de medo, voltando para o pátio. Os guardas agacharam-se, imóveis. Tochas de resina queimavam do lado de fora do portão, iluminando a neblina; não havia barulho, exceto o murmúrio dos rebanhos nos estábulos e o sibilar do mar abaixo das falésias. Zgama recuou passo a passo até chegar ao portão externo entre as tochas. Seu rosto preto e branco tinha o olhar fixo como o de uma máscara enquanto o cajado de fogo se aproximava. Mudo de medo, ele se agarrou às toras das laterais do portão com seu corpo volumoso. Rocannon, exausto e vingativo, lançou a ponta flamejante contra o peito do outro homem. Empurrou-o para baixo e passou por cima do corpo de Zgama em direção à escuridão e à neblina carregada pelo vento do lado de fora do portão. Ele andou quase cinquenta passos no escuro, então tropeçou e não conseguiu se levantar.

Ninguém o perseguiu. Ninguém saiu do complexo à sua procura. Semiconsciente, Rocannon permaneceu no mato da duna. Depois de muito tempo, as tochas do portão se extinguiram ou foram apagadas e houve apenas a escuridão. O vento assobiava no mato e o mar sibilava lá embaixo.

Quando a neblina se dissipou, deixando as luas resplandecerem, Yahan o encontrou ali perto da beira do penhasco. Com sua ajuda, Rocannon levantou-se e caminhou. Andando com cautela, tropeçando, movendo-se sobre as mãos e os joelhos onde o trajeto era áspero e escuro, os dois empregaram seus esforços rumo ao leste e ao sul, longe da costa. Pararam algumas vezes para recuperar o fôlego e se orientar, e Rocannon adormecia quase no mesmo instante. Yahan o acordava e ambos continuavam andando até que, pouco tempo antes do amanhecer, eles desceram um vale circundado por uma floresta íngreme. O domínio das árvores era escuro na névoa sombria. Yahan e Rocannon o adentraram junto ao leito do riacho que seguiam, mas não foram longe. Rocannon parou e disse em sua própria língua:

— Não posso ir mais longe. — Yahan encontrou uma faixa de areia sob a margem onde poderiam permanecer escondidos, ao menos de quem olhasse de cima; Rocannon rastejou para dentro do buraco como um animal em sua toca e dormiu.

Quando ele acordou, quinze horas depois, ao anoitecer, Yahan estava ali com uma pequena colheita de brotos verdes e raízes para comer.

— O ano quente ainda está muito no começo para ter fruta — explicou ele, triste —, e os imbecis do Castelo de Oafs levaram meu arco. Armei algumas armadilhas, mas elas não vão pegar nada até a noite.

Rocannon comeu avidamente a salada e, depois de beber da água do riacho, se alongar e conseguir pensar de novo, perguntou:

— Yahan, como você acabou lá em… no Castelo de Oafs?

O jovem plebeu olhou para baixo e enterrou com perfeição algumas raízes não comestíveis na areia.

— Bem, Senhor, sabe, eu… desobedeci a meu Senhor Mogien. Então, depois disso, pensei em me juntar aos Sem Mestre.

— Você já tinha ouvido falar deles antes?

— Existem histórias na aldeia sobre lugares onde nós, olgyior, somos senhores e plebeus. Dizem até que antigamente apenas nós, os plebeus, vivíamos em Angien, éramos caçadores nas florestas e não tínhamos mestres; e os angyar vieram do Sul em seus barcos-dragões… Bem, encontrei o forte e os companheiros de Zgama me levaram como um fugitivo de algum outro lugar na costa. Pegaram meu arco, me colocaram para trabalhar e não fizeram perguntas. Depois o encontrei. Ainda que você não estivesse lá, eu teria fugido. Não queria ser um senhor entre aqueles idiotas!

— Você sabe onde estão nossos companheiros?

— Não. Vai procurá-los, Senhor?

— Pode me chamar pelo nome, Yahan. Sim, se houver alguma chance de encontrá-los, vou procurá-los. Não podemos atravessar um continente sozinhos, a pé, sem roupa ou armas.

Yahan não disse nada, alisando a areia, observando o riacho que corria entre escuridão e luz sob os ramos pesados das coníferas.

— Você discorda?

— Se meu Senhor Mogien me encontrar, ele vai me matar. É um direito dele.

Pelo código angyar, isso era verdade; e, se alguém queria cumprir o código, era Mogien.

— Se você encontrar um novo mestre, o antigo não pode tocar em você: isso não é verdade, Yahan?

O garoto assentiu.

— Mas um homem rebelde não encontra um novo mestre.

— Depende. Prometa estar a meu serviço e responderei por você junto a Mogien, se o encontrarmos. Não sei que palavras vocês usam.

— Nós dizemos — Yahan falou muito baixo — *ao meu Senhor dou as horas de minha vida e o uso de minha morte.*

— Eu os aceito. E, com eles, minha própria vida que você me devolveu.

O riacho descia com estrondo do pico acima deles e o céu escurecia solenemente. Ao cair da noite, Rocannon tirou a impermaveste e, estendendo-se no riacho, deixou a água fria correr por todo o corpo, lavar o suor e o cansaço, o medo e a memória do fogo lambendo seus olhos. Fora do corpo, a veste era um punhado de material transparente e semivisível, tubos finos, fios e um par de cubos translúcidos do tamanho da unha de uma mão. Yahan observou-o com um olhar desconfortável enquanto Rocannon colocava a veste novamente (já que ele não tinha roupas, e Yahan fora forçado a trocar as roupas angyar por um conjunto feito de penas de herilor sujas).

— Senhor Olhor — disse ele, por fim —, foi... foi aquela pele que impediu o fogo de queimar você? Ou a... a joia?

O colar agora estava escondido na bolsa-amuleto de Yahan, em volta do pescoço de Rocannon, que respondeu gentilmente:

— A pele. Sem feitiços. É um tipo de armadura muito forte.

— E o cajado branco?

Ele olhou para o bastão de madeira de enchente, com uma ponta bastante carbonizada; Yahan o pegara da grama do penhasco na noite anterior assim que os homens de Zgama o levaram para o forte; eles pareciam certos de que Rocannon deveria mantê-lo. Afinal, o que era um feiticeiro sem seu cajado?

— Bem — respondeu ele —, é uma boa bengala, se tivermos de andar. — Ele se alongou mais uma vez e, por falta de um jantar antes de dormir, bebeu mais uma vez do riacho escuro, frio e barulhento.

No fim da manhã seguinte, quando acordou, estava recuperado e faminto. Yahan tinha saído de madrugada, para conferir as armadilhas e porque estava com muito frio para ficar deitado por mais tempo naquela toca úmida. Voltou apenas com um punhado de ervas e uma má notícia. Ele havia atravessado o cume da floresta em que estavam, junto ao mar, e do topo tinha visto, ao sul, outra vasta extensão de mar.

— Será que os canalhas daqueles comedores de peixe de Tolen nos deixaram em uma ilha? — rosnou ele, tendo seu otimismo habitual subvertido por frio, fome e dúvida.

Rocannon tentou se lembrar do litoral de seus mapas naufragados. Um rio correndo do Oeste desaguava no Norte de uma longa faixa de terra, ela própria parte de uma cadeia montanhosa ao longo da costa que corria de Oeste para Leste; entre aquela faixa e o continente havia um estuário, longo e largo o suficiente para aparecer claramente nos mapas e em sua memória. Cem, duzentos quilômetros de extensão?

— Qual é a largura? — perguntou a Yahan, que respondeu em tom melancólico:

— Muito largo. Não sei nadar, Senhor.

— Podemos andar. Esta cordilheira se une ao continente, a oeste daqui. Mogien procurará por nós ao longo desse caminho, provavelmente. — Cabia a ele liderar... Yahan com certeza já fizera mais do que lhe cabia... mas o coração de Rocannon se abateu quando ele pensou naquele longo desvio por caminhos desconhecidos em uma região hostil. Yahan não tinha visto ninguém, mas havia cruzado trilhas, e devia haver homens naquela floresta para tornar a caça tão escassa e tímida.

Mas para existir alguma esperança de Mogien encontrá-los, caso Mogien estivesse vivo e livre, e ainda tivesse corcéis-de-vento, os dois teriam de rumar para o Sul e, se possível, para o campo aberto. Ele iria procurá-los no Sul, pois esse era todo o objetivo da jornada que empreendiam.

— Vamos — determinou Rocannon, e foram.

Um pouco depois do meio-dia, olharam do cume para uma ampla enseada que corria para Leste e Oeste até onde a vista alcançava, cinzenta como chumbo sob um céu baixo. Nada se podia ver da margem sul para além de uma linha de colinas baixas e escuras. O vento que soprava do mar era muito frio, atingindo-lhes por trás enquanto desciam até a costa e seguiam por ela rumo ao Oeste. Yahan observou as nuvens, abaixou a cabeça entre os ombros e anunciou, melancólico:

— Vai nevar.

E a neve logo começou a cair, uma neve úmida de primavera carregada pelo vento e que derretia no chão molhado tão rapidamente quanto na água escura do estuário. A veste de Rocannon o protegia do frio, mas a tensão e a fome o deixavam muito cansado; Yahan também estava cansado e com muito frio. Eles se arrastavam, porque não havia mais nada a fazer. Atravessaram um riacho, subiram a margem do outro lado em meio a um capim rude e à neve que caía e, no alto, deram de cara com um homem.

— Houf! — resmungou ele, fitando-os com surpresa e depois com espanto. Porque o que viu foram dois homens caminhando sob uma tempestade de neve, um deles com os lábios azuis, tremendo sob peles esfarrapadas e o outro completamente nu. — Ha, houf! — repetiu. Era um homem alto, ossudo, curvado, barbudo, com um ar selvagem nos olhos escuros. — Ha, vocês aí! — exclamou na fala dos olgyior. — Vão morrer de frio!

— Tivemos de nadar... nosso barco afundou — improvisou Yahan de imediato. — Você tem uma casa com fogueira, caçador de pelliunur?

— Estavam cruzando o Mar do Sul?

O homem parecia preocupado, e Yahan respondeu com um gesto vago:

— Somos do Leste, viemos comprar peles de pelliun, mas todos os nossos produtos caíram na água.

— Ham, ham — respondeu o homem selvagem, ainda perturbado, mas um traço de simpatia nele parecia superar seus medos. — Vamos, tenho fogo e comida — falou e, virando-se, subiu pela neve rala em rajadas.

Seguindo-o, chegaram à cabana do homem, empoleirada em uma encosta entre o alto da floresta e o estuário. Por dentro e por fora, era como qualquer cabana de inverno dos plebeus das florestas e colinas de Angien, e Yahan agachou-se diante da fogueira com um suspiro de sincero alívio, como se estivesse em casa. Isso tranquilizou mais o anfitrião do que quaisquer explicações inventivas.

— Acenda o fogo, rapaz — pediu ele, e deu a Rocannon um manto caseiro para se envolver.

Livrando-se do próprio manto, o homem colocou uma tigela de barro com ensopado para aquecer nas cinzas e se acocorou amigavelmente com os outros dois, voltando os olhos para um e para o outro.

— Sempre neva nesta época do ano, e vai nevar mais forte em breve. Tem muito espaço para vocês; somos três passando o inverno aqui. Os outros estarão aqui hoje à noite ou amanhã ou em breve; eles vão se proteger dessa neve no topo da montanha onde estavam caçando. Somos caçadores de pelliun, como vocês perceberam pelos meus assobios, não é, rapaz? — O homem tocou o conjunto de pesadas flautas de madeira penduradas em seu cinto e sorriu. Ele tinha um olhar selvagem, feroz e tolo, mas sua hospitalidade era tangível. Serviu fartas porções de ensopado de carne aos dois e, quando a noite caiu, sugeriu que descansassem. Rocannon não perdeu tempo. Enrolou-se nas peles fedorentas do vão da cama e dormiu como um bebê.

Pela manhã, a neve ainda caía, e o chão era de um branco uniforme. Os companheiros do anfitrião não haviam voltado.

— Eles devem ter passado a noite do outro lado do Espinhaço, na aldeia de Timash. Virão quando clarear.

— O Espinhaço... é aquele braço de mar?

— Não, aquele é o estuário... não existem aldeias do outro lado! O Espinhaço é o alto das colinas acima de nós aqui. De onde vocês vêm, afinal? Você fala praticamente como nós aqui, mas seu tio não.

Yahan lançou um olhar quase de desculpas para Rocannon, que dormia enquanto ganhava um sobrinho.

— Ah... ele é do interior, eles falam diferente. Nós também chamamos aquela água de estuário. Eu gostaria de conhecer um camarada com barco para nos levar adiante.

— Vocês querem ir para o Sul?

— Bem, agora que todos os nossos bens se foram, não passamos de pedintes aqui. É melhor tentarmos voltar para casa.

— Tem um barco na praia, bem longe daqui. Vamos resolver isso quando o tempo se abrir. Eu digo, rapaz, quando você fala tão tranquilo sobre ir para o Sul, meu sangue gela. Não há nenhum homem vivendo entre o estuário e as grandes montanhas, pelo menos nunca ouvi falar, a menos que sejam os Unos, dos quais não se fala. E isso é história antiga, quem pode dizer se ainda existem montanhas? Já estive do outro lado do estuário... não existem muitos homens capazes de dizer isso. Eu mesmo estive lá, caçando, nas colinas. Tem muitos pelliunur lá, perto da água. Mas não aldeias. Nenhum homem. Nenhum. E eu não passaria a noite ali.

— Vamos apenas seguir a costa sul para o leste — explicou Yahan, em tom de indiferença, mas com um olhar perplexo; ele inventava coisas mais complexas a cada pergunta.

Mas seu instinto de mentir era correto...

— Pelo menos vocês não vieram navegando do Norte! — O anfitrião, Piai, continuou divagando enquanto afiava uma faca comprida com lâmina em forma de folha em uma pedra de amolar. — Nenhum homem em todo o estuário e em todo o mar, apenas companheiros sarnentos que servem como escravos para os cabeças-amarelas. Seu povo sabe alguma coisa sobre eles? No país do norte, no além-mar, existe uma raça de homens com cabeças amarelas. É verdade. Dizem que moram em casas altas como árvores, carregam espadas de prata e cavalgam entre as asas de corcéis-de-vento! Só acredito vendo. A pele dos corcéis-de-vento vale um bom preço na costa, mas é perigoso caçar essas bestas, mais ainda domesticar e cavalgar. Não se pode acreditar em tudo que as pessoas dizem nos contos. Eu ganho o bastante para viver com as peles de pelliun. Posso trazer as bestas voando a uma distância de um dia. Ouça! — Ele levou a flauta aos lábios peludos e soprou, muito fraco a princípio, um som quase inaudível, um lamento hesitante que ficou mais alto e diferente, pulsando e parando entre notas, subindo até se tornar quase uma melodia que era o grito de uma besta selvagem. O calafrio subiu pelas costas de Rocannon; ele tinha ouvido aquela música nas florestas de Hallan.

Yahan, que havia sido treinado como caçador, sorriu com entusiasmo e gritou como se estivesse em uma caçada avistando a presa:

— Cante! Cante! Ela está lá em cima! — Ele e Piai passaram o resto da tarde compartilhando histórias de caçador enquanto lá fora a neve ainda caía, agora sem vento, constante.

O dia seguinte amanheceu claro. Como numa manhã de ano frio, a radiância branco-avermelhada do sol era ofuscante nas colinas esbranquiçadas pela neve. Antes do meio-dia, os dois companheiros de Piai chegaram com algumas peles cinzentas e felpudas de pelliun. Homens robustos, de sobrancelhas escuras como todos os olgyior do sul, eles pareciam ainda mais selvagens do que Piai, desconfiados como animais dos estranhos, evitando-os, encarando-os apenas de soslaio.

— Eles chamam meu povo de escravizados — explicou Yahan a Rocannon quando os outros saíram da cabana por um minuto. — Mas prefiro ser um homem servindo a homens do que uma besta caçando bestas, como eles.

Rocannon ergueu a mão, e Yahan ficou em silêncio quando um dos sulistas entrou, observando-os de soslaio, calado.

— Vamos — murmurou Rocannon na língua olgyior, que passara a dominar um pouco mais naqueles últimos dois dias. Ele queria que não tivessem esperado até a chegada dos companheiros de Piai, e Yahan também estava preocupado. Ele disse a Piai, que acabava de entrar:

— Nós vamos agora... Esse tempo bom deve durar até contornarmos a enseada. Se você não tivesse nos abrigado, nunca teríamos sobrevivido a essas duas noites de frio. E eu nunca teria ouvido a canção pelliun sendo tocada. Que todas as suas caçadas sejam afortunadas!

Mas Piai ficou parado em silêncio. Então, ele se engasgou, cuspiu no fogo, revirou os olhos e rosnou:

— Contornar a enseada? Você não queria seguir de barco? Existe um barco. É meu. Quer dizer, posso fazer uso dele. Vamos levar vocês por água.

— Seis dias de caminhada é o quanto isso vai lhes poupar — acrescentou o recém-chegado mais baixo, Karmik.

— Seis dias de caminhada é o quanto isso vai lhes poupar — repetiu Piai. — Vamos levar vocês de barco. Podemos ir agora.

— Tudo bem — respondeu Yahan depois de olhar para Rocannon de relance; não havia nada que pudessem fazer.

— Então, vamos — resmungou Piai e, de forma assim abrupta, sem oferecer nenhuma provisão para o caminho, todos saíram da cabana, Piai na frente e seus amigos na retaguarda. O vento soprava forte, o sol brilhava; embora ainda houvesse neve em locais abrigados, o resto do solo escorria, encharcado e cintilante com o degelo. Os homens seguiram a costa para o Oeste por um caminho longo, e o sol se pôs quando chegaram a uma pequena enseada onde um barco a remo repousava na água, entre rochas e juncos. O vermelho do crepúsculo inundava a água e o céu a Oeste; acima do vermelho radiante cintilava a pequena lua Heliki, crescente, e no Leste cada vez mais escuro a Grande Estrela, companheira distante de Fomalhaut, resplandecia tal qual uma opala. Sob o céu brilhante, acima da água brilhante, as longas costas montanhosas estendiam-se indistintas e sombrias.

— Lá está o barco — indicou Piai, parando e encarando-os, com o rosto avermelhado pela luz ocidental. Os outros dois se aproximaram e ficaram em silêncio ao lado de Rocannon e Yahan.

— Vocês vão remar de volta no escuro — observou Yahan.

— A Grande Estrela brilha, será uma noite leve. Agora, rapaz, tem a questão do pagamento por remarmos para vocês.

— Ah — fez Yahan.

— Piai sabe... não temos nada. Esta capa foi um presente dele — interveio Rocannon, que, vendo como o vento soprava, não se importava se seu sotaque os denunciasse.

— Somos caçadores pobres. Não podemos dar presentes — disse Karmik, que tinha um tom de voz mais suave e um olhar mais sensato e significativo do que Piai e o outro.

— Não temos nada — insistiu Rocannon. — Nada que pague pelas remadas, nos deixem aqui.

Yahan entrou na conversa, dizendo a mesma coisa com mais fluência, mas Karmik interrompeu:

— Você está com uma bolsa pendurada no pescoço, estranho. O que tem nela?

— Minha alma — respondeu Rocannon prontamente.

Todos o fitaram, até mesmo Yahan. Mas ele estava em desvantagem para blefar e a pausa não durou. Karmik pôs a mão em sua faca de caça com lâmina em formato de folha e se aproximou; Piai e o outro o imitaram.

— Você estava dentro do forte de Zgama — avisou ele. — Contava-se uma longa história sobre isso na aldeia de Timash. Sobre como um homem nu ficou em uma fogueira ardente, queimou Zgama com um bastão branco e saiu do forte usando uma grande joia em uma corrente de ouro em volta do pescoço. Falaram que era magia e feitiço. Acho que eles são todos idiotas. Talvez você não possa ser ferido. Mas este aqui… — Ele agarrou Yahan pelo cabelo comprido, tão depressa quanto um raio, virando sua cabeça para trás e para os lados e apontando a faca contra sua garganta. — Rapaz, diga a esse estranho com quem você viaja para pagar pela hospedagem, hein?

Todos ficaram imóveis. O vermelho escurecia a água, a Grande Estrela iluminava o Leste, o vento frio passava por eles costa abaixo.

— Não vamos machucar o rapaz — rosnou Piai, com o rosto feroz retorcido e carrancudo. — Faremos o que eu disse, vamos remar para vocês atravessando o estuário… é só nos pagarem. Você não falou que tinha ouro para pagar. Falou que perdeu todo o seu ouro. Dormiu sob meu teto. É só entregar essa coisa e remamos para vocês.

— Entrego… lá — explicou Rocannon, apontando para o estuário.

— Não — discordou Karmik.

Yahan, indefeso nas mãos dele, não moveu um músculo; Rocannon podia ver a artéria pulsante na garganta do jovem, contra a qual repousava a lâmina da faca.

— Lá — repetiu ele, em tom hostil, e inclinou a bengala um pouco para a frente, para que a visão os impressionasse. — Remem para nós até o outro lado, e entregarei a coisa. Mas estou avisando. Se o machucarem, vocês morrem aqui, agora. Estou avisando.

— Karmik, ele é um pedan — murmurou Piai. — Faça o que ele diz. Eles ficaram sob o mesmo teto que eu por duas noites. Solte o garoto. Ele prometeu o que você quer.

Karmik desviou o olhar carrancudo de Piai para Rocannon e falou, por fim:

— Jogue o bastão branco longe. Depois levamos vocês para o outro lado.

— Primeiro solte o garoto — ordenou Rocannon, e quando Karmik soltou Yahan, ele riu e atirou a bengala bem alto, rodopiando até cair na água.

Com as facas em punho, os três caçadores conduziram Yahan e Rocannon ao barco; tiveram de andar na água e escalar rochas onde o vermelho fosco das ondas quebrava. Piai e o terceiro homem remaram, e Karmik ficou sentado, com a faca em punho, atrás dos passageiros.

— Vai dar a joia a ele? — sussurrou Yahan na Língua Comum, que aqueles olgyior da península não usavam.

Rocannon assentiu.

O sussurro de Yahan era muito rouco e trêmulo.

— Pule e nade com ela, Senhor. Perto da margem sul. Eles vão me soltar quando a joia estiver longe…

— Eles cortariam sua garganta. Shh.

— Os dois estão lançando feitiços, Karmik — afirmou o terceiro homem. — Vão afundar o barco…

— Remem, seus filhotes de peixe podre. Você, cale a boca, ou corto o pescoço do garoto.

Rocannon permaneceu pacientemente sentado no banco, observando a água ficar acinzentada e enevoada conforme as margens se afastavam atrás deles na noite.

As facas não o machucariam, mas os homens poderiam matar Yahan antes que Rocannon pudesse fazer qualquer coisa contra o trio. Ele poderia ter nadado com facilidade, mas Yahan não sabia nadar. Não havia escolha. Pelo menos estavam recebendo a carona pela qual estavam pagando.

Lentamente, as colinas escuras da costa sul se ergueram e assumiram uma forma. Sombras fracas e cinzentas caíam a oeste e poucas estrelas surgiam no céu cinzento; o brilho solar remanescente da Grande Estrela dominou até mesmo a lua Heliki, agora em seu ciclo minguante. Eles podiam ouvir o barulho das ondas contra a costa.

— Parem de remar — ordenou Karmik, e dirigindo-se a Rocannon: — Entregue a coisa agora.

— Mais perto da costa — respondeu Rocannon, impassível.

— Eu consigo ir daqui, Senhor — murmurou Yahan, trêmulo. — Os juncos estão ali na frente...

O barco avançou algumas remadas e parou de novo.

— Pule quando eu pular — disse Rocannon a Yahan, então se levantou devagar e ficou em pé no banco. Abriu a gola da veste que já usava havia muito tempo, rompeu o cordão de couro em volta do pescoço com um puxão, jogou a bolsa que continha a safira e a corrente no fundo do barco, fechou novamente a veste e, no mesmo instante, mergulhou.

Alguns minutos depois, Rocannon estava com Yahan entre as rochas da margem, observando o barco, um borrão escuro cada vez menor na penumbra cinzenta da lua minguante sobre a água.

— Oh, que eles apodreçam, que tenham vermes em suas tripas e que seus ossos virem lodo — praguejou Yahan, e começou a chorar. O jovem estava muito assustado, mas não foi só a reação ao medo que o fez perder o autocontrole. Ver um "senhor" desperdiçar uma joia que valia o resgate de um reino para salvar a vida de um plebeu, a sua vida, era ver toda a ordem ser subvertida, aceitando responsabilidades insustentáveis. — Foi um erro, Senhor! — gritou ele. — Foi um erro!

— Comprar sua vida com uma pedra? Vamos, Yahan, recomponha-se. Você vai congelar se não acendermos o fogo. Você tem sua pederneira? Tem muito mato aqui. Mexa-se!

Os dois conseguiram fazer uma fogueira na praia e a alimentaram até que o fogo afastasse a escuridão da noite e o frio ainda intenso. Rocannon deu a Yahan a capa de pele de caçador e, encolhido nela, o jovem enfim adormeceu. O homem permaneceu sentado, mantendo o fogo aceso, apreensivo e sem vontade de dormir. Seu coração estava pesado por ter entregado o colar, não porque fosse valioso, mas porque uma vez ele o entregara a Semley, cuja beleza esteve em sua lembrança ao longo de todos os anos passados naquele mundo; e porque Haldre o entregara a ele esperando, ele sabia, assim subornar a sombra, o temor da morte prematura de seu filho. Talvez também porque a coisa se fora, o peso, o perigo de sua beleza. E talvez, se o pior acontecesse, Mogien nunca viesse a saber que ela havia desaparecido; ou porque Mogien não encontraria o amigo ou porque já estivesse morto... Ele afastou tal pensamento. Mogien estava à procura deles... essa deveria ser sua suposição. Ele procuraria pelos dois indo para o Sul. Afinal, que outros planos tinham, a não ser ir para o Sul — e lá encontrar o inimigo, ou, se todos os seus palpites estivessem errados, não encontrar o inimigo? Mas com ou sem Mogien, Rocannon iria para o Sul.

Ambos partiram de madrugada, escalando as colinas da costa ao alvorecer e alcançando o topo quando o sol nascente revelava uma planície alta e desabitada que se estendia até o horizonte e era marcada pelas longas sombras dos arbustos. Ao que parecia, Piai estava certo quando falou que ninguém morava ao sul do estuário. Pelo menos Mogien seria capaz de vê-los a quilômetros de distância. Eles caminharam para o Sul.

Estava frio, mas principalmente claro. Yahan usava as roupas que tinham, e Rocannon, sua veste. Às vezes, os dois cruzaram riachos que desciam na direção do estuário, o que foi suficiente para livrá-los da sede. Naquele dia e no dia seguinte, continuaram, sobrevivendo das raízes de uma planta chamada peya e de duas criaturas de asas curtas, saltitantes e parecidas com coelhos, que Yahan abateu no ar com uma vareta e cozinhou em uma fogueira de gravetos acesa com sua pederneira. Não viram nenhuma outra criatura viva. As pradarias elevadas se estendiam, uniformes, sem árvores, sem estradas, silenciosas até encontrar o céu.

Oprimidos pela imensidão, os dois homens se sentaram à modesta fogueira ao entardecer sem dizer nada. Em longos intervalos, como uma pulsação na noite, um clamor suave ecoava de uma altura muito alta no ar. Eram barilor, os primos selvagens dos herilor domesticados, em sua migração de primavera para o Norte. A um palmo de distância, as estrelas eram obscurecidas pelos grandes bandos, mas o clamor nunca vinha de mais de uma única voz, breve, uma pulsação ao vento.

— De qual das estrelas você vem, Olhor? — perguntou Yahan baixinho, contemplando o céu.

— Nasci em um mundo chamado Hain pelo povo de minha mãe e Davenant pelo povo de meu pai. Vocês chamam a estrela desse mundo de Coroa do Inverno. Mas já o deixei há muito tempo...

— Vocês não são um só povo, o Povo das Estrelas, então?

— Muitas centenas de pessoas. Pelo sangue, sou inteiramente da raça de minha mãe; meu pai, que era um terrano, me adotou. Esse é o costume quando pessoas de espécies diferentes, que não podem conceber filhos, se casam. É como se um de seus parentes se casasse com uma mulher fian.

— Isso não acontece — afirmou Yahan, em tom contrariado.

— Eu sei. Mas os terranos e os davenanter são tão parecidos quanto você e eu. Poucos mundos têm tantas raças diferentes como este. Na maioria das vezes há apenas uma, muito parecida conosco, e as outras são bestas sem fala.

— Você já viu muitos mundos — salientou o jovem sonhador, tentando imaginar aquilo.

— Muitos — concordou o homem mais velho. — Tenho quarenta anos, na idade de vocês; mas nasci há cento e quarenta anos. Cem anos que perdi sem vivê-los entre mundos. Se eu voltasse para Davenant ou para a Terra, os homens e as mulheres que eu conhecia estariam mortos há cem anos. Só me resta prosseguir; ou parar, em algum lugar... O que é isso? — A sensação de uma presença pareceu silenciar até mesmo o assobio do vento nos prados.

Algo se movia na borda da fogueira... uma grande sombra, uma escuridão. Rocannon ajoelhou-se, tenso; Yahan saltou para longe do fogo.

Nada se moveu. O vento assobiava no capim à luz cinzenta das estrelas. Ao redor do horizonte as estrelas resplandeciam, sem serem interrompidas por nenhuma sombra.

Os dois se reuniram junto ao fogo.

— O que foi aquilo? — perguntou Rocannon.

Yahan balançou a cabeça.

— Piai falou de... alguma coisa...

Eles dormiram pouco, tentando revezar a vigília. Quando a manhã veio sem pressa, ambos estavam muito cansados. Procuraram rastros ou marcas onde a sombra parecia estar de pé, mas o capim jovem não mostrava nada. Apagaram o fogo e seguiram em frente, rumo ao Sul, guiados pelo sol.

Eles imaginavam cruzar um riacho em breve, mas não o fizeram. Ou os cursos de água agora corriam de norte a sul, ou simplesmente não existiam mais. A planície ou pradaria que parecia não mudar nunca enquanto caminhavam tinha começado a se tornar sempre um pouco mais seca, um pouco mais acinzentada. Naquela manhã, não viram um só arbusto de peya, apenas o capim grosso verde-acinzentado ficando cada vez mais alto.

Ao meio-dia, Rocannon parou.

— Não adianta, Yahan — admitiu.

Yahan esfregou o pescoço, olhando em volta, então virou o rosto magro, cansado e jovem para Rocannon.

— Se quer continuar, Senhor, eu vou junto.

— Não podemos sobreviver sem água ou comida. Vamos roubar um barco na costa e voltar para Hallan. Não vale a pena. Vamos.

Rocannon virou-se e caminhou para o Norte. Yahan seguiu ao seu lado. O céu alto da primavera era de um azul ardente, o vento assobiou sem parar no mato interminável. Rocannon avançava com firmeza, os ombros um pouco curvados, entrando, passo a passo, no exílio permanente e na derrota. Ele não se virou quando Yahan parou.

— Corcéis-de-vento!

Então Rocannon olhou para cima e os viu, três grandes grifos-felinos sobrevoando-os em círculos, com as garras estendidas e as asas pretas contra o céu azul e quente.

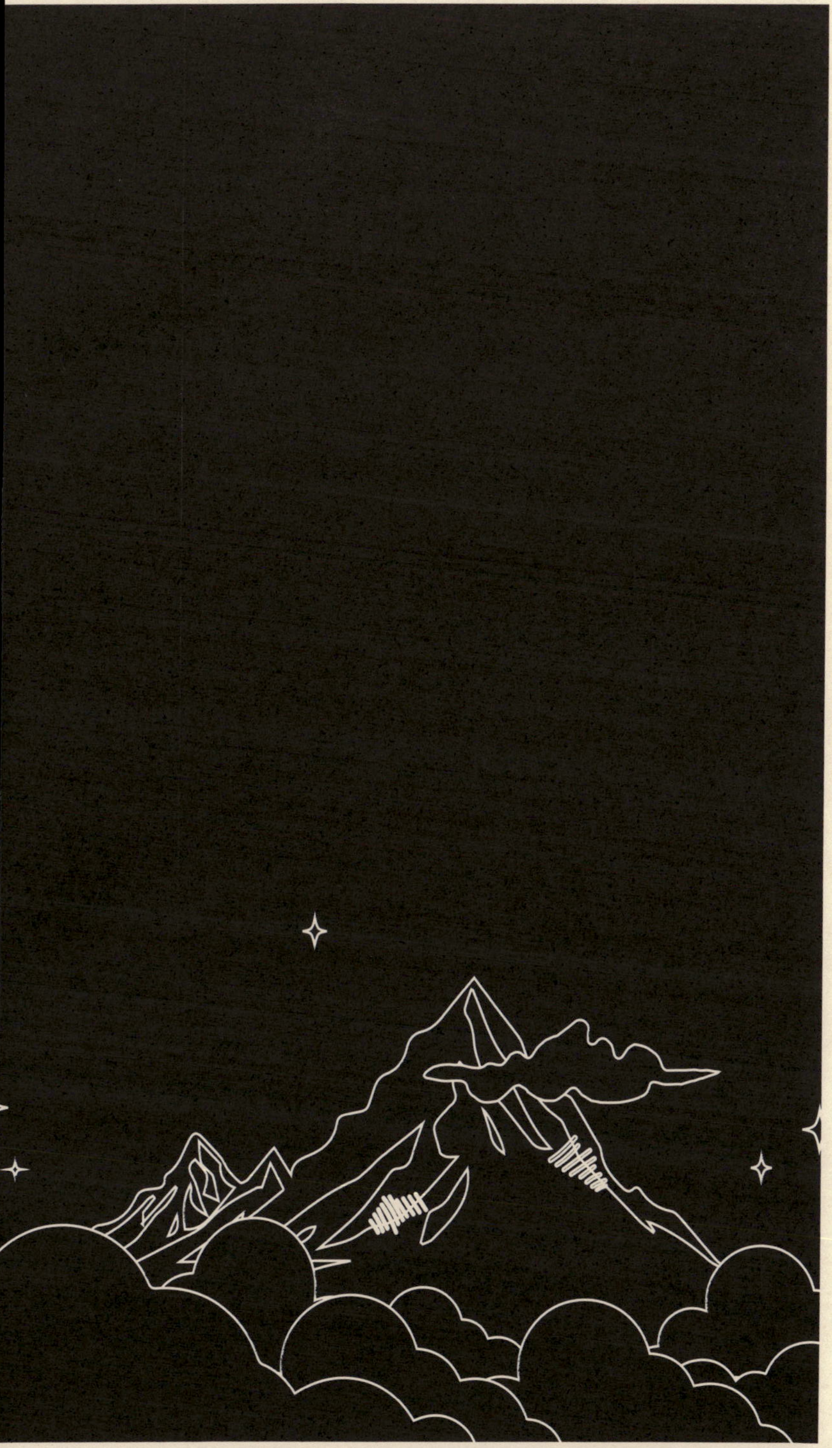

PARTE DOIS

O NÔMADE

VI

Mogien apeou de seu corcel antes que ele chegasse ao chão, correu para Rocannon e o abraçou como a um irmão. Sua voz soou alegre e aliviada.

— Pela lança de Hendin, Senhor das Estrelas! Por que está marchando totalmente nu neste deserto? Como chegou tão longe ao Sul caminhando para o Norte? Você está…?

Mogien encontrou o olhar de Yahan e parou.

Rocannon disse:

— Yahan é meu servo.

Mogien não falou nada. Depois de uma certa luta consigo mesmo, começou a sorrir, então riu alto.

— Você aprendeu nossos costumes para roubar meus servos, Rocannon? Mas quem roubou suas roupas?

— Olhor usa mais de uma pele — contou Kyo, caminhando com seu passo leve pelo mato. — Salve, Senhor do Fogo! Ontem à noite ouvi você em minha mente.

— Kyo nos trouxe até vocês — confirmou Mogien. — Desde que pisamos na costa de Fiern, dez dias atrás, ele não falou uma palavra, mas ontem à noite, na margem do estuário, quando Lioka se levantou, ele ouviu o luar e disse: "Ali!". Quando o dia amanheceu, voamos para onde ele tinha apontado e, assim, encontramos vocês.

— Onde está Iot? — perguntou Rocannon, vendo que apenas Raho ficara segurando as rédeas dos corcéis-de--vento. Mogien, com rosto imutável, respondeu:

— Morto. Os olgyior nos atacaram na praia sob o nevoeiro. Tinham apenas pedras como armas, mas eram muitos. Iot foi morto e você estava perdido. Nós nos escondemos em uma caverna nos penhascos até que os corcéis voassem novamente. Raho saiu e ouviu histórias de um estranho que estava no fogo ardente sem se queimar e que usava uma joia azul. Então, quando os corcéis voaram, fomos ao forte de Zgama e, sem o encontrar, ateamos fogo em seus telhados deploráveis, levamos seus rebanhos para as florestas, e depois começamos a procurar por vocês ao longo das margens do estuário.

— A joia, Mogien — interrompeu Rocannon —, o Olho do Mar... tive de comprar nossas vidas com ele. Eu o entreguei.

— A joia? — questionou Mogien, encarando-o. — A joia de Semley... você a entregou? Não foi para comprar sua vida... Quem o poderia machucar? Foi para comprar aquela vida sem valor, daquele meio-homem desobediente? Você considera minha herança barata! Aqui, pegue esta coisa, ela não se perde tão fácil! — Com uma risada, Mogien girou um objeto brilhante no ar e o jogou para Rocannon, que permaneceu estático e boquiaberto admirando a pedra azul, bem como a corrente de ouro, ardendo em sua mão.

— Ontem encontramos dois olgyior, e um morto, na outra margem do estuário, e paramos para perguntar sobre um viajante nu que eles poderiam ter visto passando com seu servo inútil. Um deles, abaixando o rosto, nos contou a história, então peguei a joia do outro. E sua vida junto, porque ele resistiu. Então soubemos que você havia atravessado o estuário, e Kyo nos trouxe direto para você. Mas por que estava indo para o Norte, Rocannon?

— Para... para encontrar água.

— Tem um riacho a Oeste — acrescentou Raho. — Vi um pouco antes de avistarmos vocês.

— Vamos lá. Yahan e eu não bebemos desde ontem à noite.

Eles montaram os corcéis-de-vento, Yahan com Raho, Kyo em seu antigo lugar atrás de Rocannon. O mato recurvado pelo vento caiu, e eles deslizaram para o Sudoeste entre a vasta planície e o sol.

Eles acamparam perto do riacho que serpenteava cristalino e lento entre o capim sem flores. Rocannon pôde enfim tirar a impermaveste e vestir uma camisa e um manto sobressalentes de Mogien. Comeram pão duro trazido de Tolen, raízes de peya e quatro dos coelhos alvejados por Raho e Yahan, que se encheu de alegria quando colocou as mãos em um arco outra vez. Ali na planície as criaturas quase voaram sobre as flechas e deixaram os corcéis-de-vento agarrá-las em pleno voo, sem medo. Até mesmo as minúsculas criaturas verdes, violetas e amarelas chamadas kilar, semelhantes a insetos de asas inquietas e transparentes, embora na verdade fossem pequenos marsupiais destemidos e curiosos pairando em volta da cabeça das pessoas, espiando-as com olhos dourados redondos, pousando na mão ou no joelho de alguém por um momento e deslizando distraidamente de novo. Aparentemente, toda aquela imensa pastagem era desprovida de vida inteligente. Mogien disse que não viram nenhum sinal de homens ou outros seres enquanto sobrevoavam a planície.

— Pensamos ter visto alguma criatura ontem à noite, perto do fogo — contou Rocannon, hesitante, pois, afinal, o que haviam visto? Kyo observou-o da fogueira usada para cozinhar; Mogien, desafivelando o cinto que segurava as espadas duplas, não disse nada.

O grupo levantou acampamento ao primeiro raio de luz e durante todo o dia cavalgou pelo vento entre a planície e o sol. Voar sobre a planície era tão agradável quanto havia sido atravessá-la a pé. O dia seguinte se passou da mesma maneira e pouco antes do anoitecer, enquanto observavam um dos pequenos riachos que raramente quebravam a extensa pradaria, Yahan virou-se na sela e gritou através do vento:

— Olhor! Veja adiante!

Muito longe à frente, no Sul, um encrespado e ondulante cinza tênue interrompia o horizonte invariável.

— As montanhas! — exclamou Rocannon, e enquanto falava ouviu Kyo respirar fundo atrás de si, como se estivesse com medo.

Durante o voo do dia seguinte, a superfície dos pampas transformou-se gradualmente em elevações e ondulações de terra, vastas ondas em um mar tranquilo. Nuvens altas aglomeradas flutuavam para o Norte acima deles de vez em quando, e ao longe podiam avistar a terra inclinando-se para cima, tornando-se escura e entrecortada. Ao anoitecer, as montanhas eram claras; quando a planície escurecia, os picos remotos e minúsculos do Sul ainda resplandeciam em um tom claro de dourado por muito tempo. Aqueles picos distantes desapareciam ao mesmo tempo que a lua Lioka surgia e erguia-se como uma grande e veloz estrela amarela. Feni e Feli já brilhavam, em um movimento ainda mais majestoso de leste a oeste. A última das quatro a se levantar era Heliki, que seguia as outras, clareando e escurecendo em um ciclo de meia hora, clareando e escurecendo. Rocannon deitou-se de costas e observou, por trás dos altos caules pretos de mato, a complexidade lenta e radiante da dança lunar.

Na manhã seguinte, quando ele e Kyo foram montar o corcel-de-vento listrado de cinza, Yahan o advertiu, postando-se ao lado da cabeça da besta:

— Monte-o com cuidado hoje, Olhor. — A criatura concordou com uma tosse e um rosnado longo, ecoado pelo corcel cinza de Mogien.

— O que os aflige?

— Fome! — afirmou Raho, controlando com força seu corcel branco. — Eles se fartaram dos herilor de Zgama, mas desde que começamos a atravessar esta planície não houve nenhuma caça grande e esses saltadores são para eles apenas petiscos. Afivele seu casaco, Senhor Olhor... se ele esvoaçar ao alcance das mandíbulas de seu corcel, você será o jantar dele.

Raho, cujo cabelo e pele marrons atestavam a atração que uma de suas avós exercera sobre algum aristocrata angyar, era mais brusco e zombeteiro do que a maioria dos plebeus. Mogien nunca o repreendia, e a dureza de Raho não escondia a lealdade apaixonada a seu senhor. Um homem quase na meia-idade, ele evidentemente considerava aquela jornada uma missão tola, e de modo também evidente nunca havia pensado em fazer nada que não fosse acompanhar seu jovem senhor diante de qualquer risco.

Yahan entregou as rédeas e se esquivou do corcel de Rocannon, que saltou como uma mola solta no ar. Durante todo o dia os três corcéis voaram descontrolados, incansáveis, em direção aos campos de caça que pressentiram ou farejaram ao Sul, e um vento norte os apressou. Os sopés das colinas cobertas pelas florestas eram cada vez mais claros e escuros sob a barreira flutuante das montanhas. Agora havia árvores na planície, moitas e bosques que surgiam como ilhas em um mar de capim. Os bosques se adensavam formando florestas interrompidas por áreas verdes. Antes do anoitecer, o grupo desceu junto a um lago repleto de sedimentos entre as colinas arborizadas. Trabalhando rápido e cautelosamente, os dois plebeus retiraram todas as bolsas e arreios dos corcéis e recuaram, soltando-os. As criaturas dispararam, berrando, abrindo as asas em toda a sua extensão e voando em três direções diferentes sobre as colinas, e desapareceram.

— Eles voltarão quando estiverem alimentados — Yahan tranquilizou Rocannon — ou quando o Senhor Mogien assoviar.

— Às vezes, eles trazem parceiras com quem acasalaram... selvagens — acrescentou Raho, importunando o novato.

Mogien e os plebeus se espalharam, caçando saltadores ou qualquer outra coisa que aparecesse; Rocannon arrancou algumas grossas raízes de peya e as pôs para assar embrulhadas em suas folhas nas cinzas da fogueira. Ele era especialista em se virar e apreciar qualquer coisa que a terra oferecesse;

e aqueles dias de longos voos do amanhecer ao anoitecer, de fome constante e mal saciada, de noites dormidas no chão descoberto, ao relento da primavera, o tornaram muito prestativo, receptivo e aberto a todas as sensações e impressões. Levantando-se, ele viu que Kyo vagara até a beira do lago e estava parado ali, uma figura esguia, não mais alta do que os juncos que cresciam na água. Estava olhando para o alto das montanhas cinzentas ao Sul, cujos picos tocavam as nuvens e o silêncio do céu. Rocannon, aproximando-se, viu no rosto dele uma expressão desolada e ao mesmo tempo ansiosa. Ele falou, sem se virar, em sua voz leve e hesitante:

— Olhor, você recuperou a joia.

— E continuo tentando me livrar dela — disse Rocannon, com um sorrisinho.

— Lá em cima — indicou o fian — você precisará oferecer mais do que ouro e pedras... O que vai oferecer, Olhor, lá no lugar frio, alto, cinza? Do fogo ao frio...

Rocannon o ouvia e o observava, mas sem ver os lábios de Kyo se movendo. Um arrepio o percorreu e ele se fechou, recuando de uma percepção estranha da própria humanidade, da própria identidade. Depois de um minuto, Kyo se virou, calmo e sorridente como sempre, e falou com sua voz habitual.

— Existem fiia além desses sopés, dessas florestas, em vales verdejantes. Meu povo gosta dos vales, até mesmo aqui, da luz do sol e dos lugares baixos. Podemos encontrar suas aldeias em poucos dias de voo.

Aquela foi uma boa notícia para os outros quando Rocannon a relatou.

— Pensei que não encontraríamos seres falantes aqui. Uma terra tão boa e rica assim, vazia — comentou Raho.

Observando um par de kilar, parecidas com libélulas dançando como ametistas aladas acima do lago, Mogien respondeu:

— Nem sempre foi vazia. Meu povo a atravessou muito tempo atrás, nos anos anteriores aos heróis, antes de Hallan ser construída, ou de Oynhall, antes de Hendin desferir o grande golpe ou Kirfiel morrer no Monte Orren. Viemos do Sul em barcos com cabeças de dragão e encontramos em Angien um povo selvagem escondido em florestas e cavernas marinhas, um povo de rosto branco. Você conhece a canção, Yahan, a *Balada de Orhogien*...

Cavalgar no vento,
caminhar na campina,
deslizar no mar,
rumo à estrela Brehen
na trilha de Lioka...

O caminho de Lioka é do sul para o norte. E as batalhas na música contam como nós, angyar, lutamos e conquistamos os caçadores selvagens, os olgyior, os únicos de nossa raça em Angien; pois somos todos uma raça, os liuar. Mas a canção não diz nada sobre aquelas montanhas. É uma música antiga, talvez o início tenha se perdido. Ou talvez meu povo tenha vindo dessas colinas. Esta é uma bela terra... Bosques para caça e colinas para rebanhos e montes para fortalezas. No entanto, nenhum homem parece viver aqui agora...

Yahan não tocou sua lira de cordas de prata naquela noite; e todos dormiram apreensivos, talvez porque os corcéis-de-vento se foram, e as colinas estavam tão intimidantemente imóveis, como se nenhuma criatura ousasse se mover durante a noite.

Concordando que o acampamento à beira do lago era muito pantanoso, o grupo seguiu em frente no outro dia, descansando e parando com frequência para caçar e colher ervas frescas. Ao entardecer, chegaram a uma colina cujo topo era um corcovado irregular como se sob o capim repousassem as fundações de um edifício caído. Não sobrara nada, e mesmo assim eles conseguiam adivinhar onde estivera a pista de voo do pequeno forte, em anos tão remotos que nenhuma lenda a mencionava. Acamparam ali, onde os corcéis-de-vento os encontrariam de imediato quando voltassem.

Tarde, naquela longa noite, Rocannon acordou e sentou-se. Nenhuma lua, exceto a pequena Lioka, brilhava, e a fogueira havia se apagado. O grupo não tinha estabelecido um vigia. Mogien estava de pé a cerca de três metros de distância, imóvel, uma forma alta e vaga à luz das estrelas. Sonolento, Rocannon o observou, perguntando-se por que o manto do homem parecia tão alto e os ombros tão estreitos. Aquilo não estava certo. O manto angyar alargava-se a partir dos ombros como o telhado de um pagode e, mesmo sem o manto, Mogien era notavelmente largo no peito. Por que ele estava de pé ali tão alto, encurvado e magro?

O rosto se virou devagar e não era o de Mogien.

— Quem é? — perguntou Rocannon, levantando-se; sua voz grave ecoou no silêncio absoluto.

Ao lado dele, Raho sentou-se, olhou em volta, pegou seu arco e pôs-se de pé. Atrás da figura alta algo se moveu rápido — outro como ele. Ao redor deles, por todos os lados, nas ruínas cobertas de grama, sob a luz das estrelas, estavam formas altas, magras, silenciosas, de cabeça inclinada sob pesados capuzes. Junto à fogueira fria, apenas ele e Raho.

— Senhor Mogien! — gritou Raho.

Nenhuma resposta.

— Onde está Mogien? De que povo são vocês? Falem...

Eles não responderam, mas começaram a avançar sem pressa. Raho apontou uma flecha. Eles continuaram sem dizer nada, mas todos cresceram de repente, de uma maneira incomum, seus mantos estendendo-se de ambos os lados; então atacaram de todas as direções ao mesmo tempo, aproximando-se em saltos lentos e altos. Enquanto Rocannon lutava contra os inimigos, se esforçava para despertar do sonho... devia ser um sonho; a lentidão, o silêncio, era tudo irreal, e ele não conseguia sentir os golpes. Mas usava sua veste. Ele ouviu o grito desesperado de Raho:

— Mogien!

Os agressores tinham derrubado Rocannon com seu peso e número, e, antes que pudesse voltar a lutar, eles o ergueram de cabeça para baixo, em um movimento arrebatador e nauseante. Enquanto Rocannon se contorcia, tentando se livrar das muitas mãos que o seguravam, avistou as colinas iluminadas pelas estrelas e a mata que balançava e ondulava embaixo de si — muito abaixo. Sua cabeça girava, e ele se agarrava com as duas mãos nos braços magros das criaturas que o erguiam. Estavam todas ao seu redor, e aquelas mãos o seguravam, o ar cheio de asas pretas agitadas.

Aquilo parecia interminável, ainda que ele, Rocannon, às vezes se debatesse para despertar daquela monotonia do medo, das suaves vozes sibilantes sobre si, das múltiplas batidas de asas que o sacudiam sem parar. De repente, o voo se transformou em uma longa queda deslizante. O Leste luminoso passou assustadoramente por ele, e as muitas mãos, macias e fortes que o seguravam largaram-no e ele caiu. Ileso, mas muito nauseado e tonto para se sentar, permaneceu estendido, olhando ao redor.

Sob seu corpo havia um pavimento de ladrilhos nivelados e polidos. À esquerda e à direita erguia-se um muro, prateado à luz do amanhecer, alto, reto, impecável, como se fosse cortado em aço. Atrás dele erguia-se a enorme abóbada de um edifício, e à frente, pela passagem de um portão sem a parte de cima, ele viu uma rua de casas prateadas sem janelas, alinhadas com perfeição, todas idênticas, em exata perspectiva geométrica na claridade sem sombras do alvorecer. Era uma cidade, não um vilarejo da Idade da Pedra ou uma fortaleza da Idade do Bronze, mas uma metrópole, hostil e grandiosa, poderosa e precisa, produto de alta tecnologia. Rocannon se sentou, com a cabeça ainda girando.

À medida que a luz aumentava, ele distinguia certas formas na penumbra do pátio, feixes de algo; uma das formas tinha um brilho amarelo na ponta. Com uma surpresa que rompeu seu transe, ele viu o rosto escuro sob o emaranhado de cabelos louros. Os olhos de Mogien estavam abertos, fixos no céu, e não estavam pensativos.

Todos os quatro companheiros achavam-se deitados da mesma maneira, rígidos, olhos abertos. O rosto de Raho estava terrivelmente contraído. Mesmo Kyo, que parecia invulnerável em sua fragilidade, estava imóvel, com os grandes olhos refletindo o céu pálido.

No entanto, eles respiravam, em inspirações longas e silenciosas com segundos de intervalo; Rocannon encostou a orelha no peito de Mogien e ouviu o batimento cardíaco muito fraco e lento, como se viesse de muito longe.

Um ar sibilante às suas costas fez com que ele se encolhesse instintivamente e permanecesse tão imóvel quanto os corpos paralisados à sua volta. Mãos puxaram seus ombros e pernas. Ele foi virado e deitado olhando para um rosto; um rosto grande e comprido, sombrio e bonito. A cabeça escura não tinha cabelos, nem sobrancelhas. Olhos de um dourado-claro olhavam entre pálpebras largas e sem cílios. A boca, pequena e esculpida com delicadeza, estava fechada. As mãos macias e fortes estavam em sua mandíbula, forçando-o a manter a própria boca aberta. Outra forma alta inclinou-se sobre Rocannon, que tossiu e engasgou quando algo foi derramado em sua garganta... água morna, enjoativa e bolorenta. Os dois grandes seres o soltaram. Ele ficou em pé, cuspiu e disse:

— Estou bem, me deixem em paz! — Mas as figuras já tinham virado as costas. Estavam curvadas sobre Yahan, uma delas o forçando a abrir a mandíbula, enquanto a outra derramava um gole de água de um recipiente longo e prateado.

Eram seres muito altos, muito magros, semi-humanoides; rígidos e delicados, movendo-se desajeitada e lentamente sobre a terra, que não era seu ambiente natural. Peitos estreitos projetavam-se entre os músculos dos ombros, com asas longas e macias que caíam curvando-se em suas costas como capas cinzentas. As pernas eram finas e curtas, a cabeça, escura e altiva, inclinada para a frente entre a saliência ascendente das asas.

O *Manual* de Rocannon jazia sob as águas enevoadas do canal, mas sua memória gritou-lhe: *Formas de Vida de Alta Inteligência, Espécie não confirmada ?4: Grandes humanoides que habitam grandes cidades* (?). E ele tinha a sorte de confirmá-la, de avistar pela primeira vez uma nova espécie, uma nova alta cultura, um novo membro para a Liga. A beleza limpa e precisa dos edifícios, a caridade impessoal das duas grandes figuras angelicais que traziam água, o silêncio majestoso, tudo isso o impressionou. Ele nunca tinha visto uma raça como aquela em nenhum mundo. Aproximou-se da dupla que servia água a Kyo e perguntou com cortesia tímida:

— Vocês falam a Língua Comum, senhores alados?

Eles não lhe deram atenção. Permaneceram em silêncio, em sua marcha suave, ligeiramente manca, até Raho, forçando a água em sua boca contorcida. A água saiu e escorreu por suas bochechas. O próximo era Mogien, e Rocannon os seguiu.

— Ouçam! — exclamou, postando-se diante das criaturas, mas parou: os grandes olhos dourados que se dirigiram a ele eram cegos, aqueles seres eram cegos e surdos. Pois não responderam nem o contemplaram, apenas caminharam, afastando-se, distantes, altos, aéreos, com as asas macias cobrindo-os do pescoço ao calcanhar. E a porta se fechou suavemente atrás deles.

Recompondo-se, Rocannon foi até cada um de seus companheiros, esperando que um antídoto para a paralisia pudesse estar fazendo efeito. Não houve mudança. Em cada um, ele confirmou a respiração lenta e os batimentos cardíacos fracos — cada um, exceto um. O peito de Raho estava imóvel e seu rosto, contorcido em um lamento, estava frio. A água que deram a ele ainda molhava suas bochechas.

A raiva rompeu o temor de Rocannon. Por que os homens-anjo tratavam a ele e a seus amigos como animais selvagens capturados? Ele deixou os companheiros e atravessou o pátio, passando pelo portão sem a parte de cima para a rua daquela cidade incrível.

Nada se movia. Todas as portas estavam fechadas. Altas e sem janelas, uma após a outra, as fachadas prateadas permaneciam silenciosas aos primeiros raios de sol.

Rocannon contou seis cruzamentos antes de chegar ao fim da rua: um muro. Cinco metros de altura, que se estendiam em ambas as direções sem interrupção; ele não seguiu a rua que o circundava para procurar um portão, pois imaginou que não havia nenhum. Para que seres alados teriam necessidade de portões em uma cidade? Ele voltou pela rua radial para o edifício central de onde saíra, o único edifício diferente da cidade e o mais alto das altas casas prateadas em seu alinhamento geométrico. Ele voltou ao pátio. As casas estavam todas fechadas, as ruas limpas e vazias, o céu vazio, e não havia ruído senão o de seus passos.

Ele bateu na porta que ficava na extremidade interna do pátio. Sem resposta. Empurrou-a e abriu-a.

Lá dentro havia uma escuridão quente, um zunido suave e agitação, uma sensação de altura e vastidão. Uma forma alta passou por ele, parou e ficou imóvel. No raio de luz do sol matutino que deixara entrar pela porta, Rocannon viu os olhos amarelos do ser alado se fechando e reabrindo devagar. Era a luz do sol que os cegava. Os seres deviam voar e caminhar por suas ruas prateadas apenas no escuro.

Diante daquele olhar insondável, Rocannon assumiu a atitude que os especialistas em FOVIALI chamavam de "ACG", Abertura de Comunicação Generalizada, uma postura dramática, receptiva, e perguntou em galáctico:

— Quem é seu líder? — Dita em tom impressionante, a pergunta geralmente obtinha alguma resposta. Não desta vez. O Ente Alado olhou em direção a Rocannon, piscou uma vez com uma impassibilidade que superava qualquer desdém, fechou os olhos e permaneceu estático, aparentemente dormindo.

Os olhos de Rocannon haviam se acostumado à quase escuridão, e ele agora via, estendendo-se na penumbra quente sob as abóbadas, fileiras, círculos e grupos de figuras aladas, centenas delas, todas imóveis, de olhos fechados.

Ele caminhou entre as criaturas, que permaneceram imóveis.

Muito tempo antes, em Davenant, o planeta de seu nascimento, ele havia caminhado por um museu cheio de estátuas, uma criança olhando para os rostos imóveis dos antigos deuses hainianos.

Reunindo coragem, ele foi até um e o tocou — ou a tocou?, poderia muito bem ser fêmea — no braço. Os olhos dourados se abriram e o rosto bonito, escuro, virou-se para baixo, para ele, na escuridão.

— Hassa! — exclamou o Ente Alado e, inclinando-se depressa, beijou-lhe o ombro e deu três passos, reacomodou sua capa de asas e parou, de olhos fechados.

Rocannon desistiu e continuou, caminhando cauteloso pelo crepúsculo pacífico e doce da enorme sala até que encontrou uma porta mais distante, aberta do chão ao teto. A área além dela era um pouco mais luminosa, com minúsculos orifícios no telhado permitindo que uma poeira de luz dourada penetrasse. As paredes curvas de cada lado subiam até uma cúpula estreita em arco. Parecia uma sala circular de passagem em torno da cúpula central, o coração da cidade radial. A parede interna era decorada num padrão maravilhoso de triângulos e hexágonos unidos e repetidos até a abóbada. O entusiasmo intrigado de etnólogo de Rocannon ressurgiu. Aquelas pessoas eram mestras em construção. Todas as superfícies do vasto edifício eram lisas e todos os encaixes, precisos; a concepção era esplêndida e a execução, impecável. Apenas uma raça de alta cultura poderia ter realizado aquilo. Mas ele nunca chegou a conhecer uma raça de alta cultura de tão difícil comunicação. Afinal, por que haviam levado ele e os outros para lá? Será que aqueles seres, em sua arrogância silenciosa e angelical, tinham salvado os nômades de algum perigo da noite? Ou escravizavam outras espécies? Nesse caso, era estranho que tivessem ignorado sua aparente imunidade ao agente paralisante. Talvez se comunicassem inteiramente sem palavras; mas Rocannon estava inclinado a acreditar, naquele palácio inacreditável, que as explicações podiam estar no fato de que se tratava de uma inteligência além do escopo humano, simples assim. Ele prosseguiu, encontrando na parede interna da passagem toroide uma terceira porta, dessa vez muito baixa, a ponto de ele precisar se curvar, e um Ente Alado deveria precisar rastejar.

Lá dentro havia a mesma penumbra quente, amarelada e de odor adocicado, mas com uma agitação, um murmúrio, um sussurro suave e constante de vozes e leves movimentos de inúmeros corpos e asas se arrastando. O olho da cúpula, lá no alto, era dourado. Uma longa rampa em espiral em uma inclinação suave junto à parede clara subia até o centro da cúpula. Em alguns pontos da rampa o movimento era visível, e duas vezes uma figura, minúscula vista de baixo, abriu as asas e voou em silêncio através do grande cilindro de ar dourado empoeirado. Quando ele começou a atravessar o salão até o pé da rampa, algo caiu no meio da espiral, aterrissando com um estrondo duro e seco. Ele passou perto. Era o cadáver de um dos Entes Alados. Embora o impacto tivesse esmagado seu crânio, não se via nenhum sangue. O corpo era pequeno, as asas pareciam não estar formadas por completo.

Ele prosseguiu, obstinado, e começou a subir a rampa.

Cerca de dez metros acima do chão, Rocannon chegou a um nicho triangular na parede onde Entes Alados se refugiavam de cócoras, novamente baixinhos e pequenos, com asas franzidas. Eram nove, agrupados de modo igual, de três em três em intervalos regulares, em torno de uma grande massa pálida, que ele observou com curiosidade pouco antes de distinguir um focinho e os olhos abertos e vazios. Era um corcel-de-vento, vivo, paralisado. As boquinhas esculpidas dos nove Entes Alados curvavam-se para ele sem parar, beijando-o, beijando-o.

Um novo estrondo no chão do outro lado do salão. Rocannon o avistou enquanto passou em uma corrida silenciosa. Era o corpo seco e murcho de um barilor.

Ele atravessou a passagem toroide alta e ornamentada e seguiu seu caminho rápido e cuidadoso tanto quanto podia entre as figuras adormecidas no corredor. Chegou ao pátio. Estava vazio. A luz do sol branca e oblíqua brilhava no pavimento. Seus companheiros desapareceram. Haviam sido levados para que as larvas, lá no salão abobadado, os sugassem até secarem.

VII

Os joelhos de Rocannon cederam. Ele se sentou no piso vermelho polido e tentou reprimir o medo nauseante para pensar no que fazer. O que fazer. Ele devia voltar para a cúpula e retirar Mogien, Yahan e Kyo. Diante da ideia de retornar lá para dentro, entre as altas figuras angelicais cujas cabeças nobres continham cérebros adulterados ou especializados ao nível de insetos, ele sentiu um calafrio na nuca; mas tinha de fazê-lo. Seus amigos estavam naquele lugar e ele tinha de tirá-los de lá. Será que as larvas e seus enfermeiros na cúpula estavam com sono o bastante para deixar que ele fizesse isso? Rocannon desistiu de se fazer perguntas. Mas, primeiro, deveria verificar a parede externa em toda a volta, pois se não houvesse um portão, nada adiantaria. Ele não conseguiria carregar os amigos passando por cima de um muro de quatro metros e meio.

Provavelmente havia três castas, pensou enquanto descia a rua perfeita: enfermeiros para as larvas na cúpula; construtores e caçadores nas salas externas; e nas casas, talvez, os férteis, os poedeiros e os incubadores. Os dois que lhes deram água seriam enfermeiros, mantendo a presa paralisada e viva para que as larvas a sugassem até secar. As criaturas deram água para Raho morto. Como ele poderia não ter visto que elas eram irracionais? Quisera considerá-las inteligentes porque pareciam tão angelicalmente humanas. *Cancele a espécie ?4*, disse irritado a seu *Manual* naufragado. Nesse momento, alguma coisa atravessou a rua no cruzamento próximo — uma criatura rasteira, marrom; se era grande ou pequena, ele não conseguia dizer na perspectiva irreal de fachadas idênticas. Era evidente que não fazia parte da cidade. Pelo menos os insetos-anjos tinham vermes infestando sua bela colônia. Ele continuou depressa, andando firme no silêncio absoluto, alcançou a parede externa e virou à esquerda, acompanhando-a.

Um pouco mais à frente, perto da base prateada sem juntas da parede, encolhia-se um dos animais marrons. De quatro, não chegava à altura de seu joelho. Ao contrário da maioria dos animais de baixa inteligência daquele planeta, não tinha asas. Estava agachado ali, parecendo apavorado, e Rocannon apenas desviou dele, para não provocar uma reação agressiva, e prosseguiu. Até onde sua vista alcançava, não havia portão na parede curva.

— Senhor — clamou uma voz fraca vinda do nada. — Senhor!

— Kyo! — gritou ele, virando-se, sua voz ecoando nas paredes. Nada se moveu. Paredes brancas, sombras escuras, linhas retas, silêncio.

O animalzinho marrom veio pulando em sua direção.

— Senhor — clamou baixinho —, Senhor, oh, venha, venha. Oh, venha, venha, Senhor!

Rocannon ficou parado, olhando. A criaturinha sentou-se sobre as ancas fortes diante dele. Ofegava, e seu batimento cardíaco sacudia o peito peludo, contra o qual estavam dobradas minúsculas mãos negras. Olhos pretos e aterrorizados estavam voltados para ele. Ela repetiu, trêmula em Língua Comum:

— Senhor…

Rocannon ajoelhou-se. Seus pensamentos estavam acelerados enquanto observava a criatura; enfim, ele disse muito gentilmente:

— Não sei como chamá-lo.

— Oh, venha — pediu a criaturinha, tremendo. — Senhores… senhores. Venha!

— Os outros senhores… meus amigos?

— Amigos — repetiu a criatura marrom. — Amigos. Castelo. Senhores, castelo, fogo, corcéis-de-vento, dia, noite, fogo. Oh, venha!

— Estou indo — disse Rocannon.

O animal deu um salto repentino e Rocannon o seguiu. A criaturinha voltou pela rua radial, depois por uma rua lateral ao norte e entrou em um dos doze portões da cúpula. Ali, no pátio pavimentado de vermelho, jaziam seus quatro companheiros, como ele os deixara. Mais tarde, quando teve tempo para pensar, se deu conta de que havia saído da cúpula em um pátio diferente e, por isso, deu por falta deles.

Mais cinco das criaturas marrons esperavam lá, em um grupo bastante cerimonioso, perto de Yahan. Rocannon ajoelhou-se outra vez para reduzir sua altura e fez a melhor mesura possível.

— Salve, pequenos senhores — saudou ele.

— Salve, salve — responderam todas as pessoinhas peludas. Então uma delas, cujo pelo era preto em volta do focinho, disse:

— Kiemhrir.

— Vocês são os kiemhrir? — Eles se curvaram em uma rápida imitação de sua mesura. — Sou Rocannon Olhor. Viemos do Norte, de Angien, do Castelo de Hallan.

— Castelo — respondeu o Cara Preta. Sua vozinha estridente tremia de sinceridade. Ele ponderou, coçou a cabeça. — Dias, noites, anos, anos — falou ele. — Senhores ir. Anos, anos, anos... kiemhrir não ir. — Ele olhou esperançoso para Rocannon.

— Kiemhrir... ficaram aqui? — perguntou Rocannon.

— Ficar! — clamou o Cara Preta em um volume surpreendente. — Ficar! Ficar! — E todos os outros murmuraram como se estivessem encantados: — Ficar...

— Dia — falou o Cara Preta, decidido, apontando para o sol daquele dia —, senhores chegar. Ir?

— Sim, nós iríamos. Vocês podem nos ajudar?

— Ajudar! — respondeu um kiemher, agarrando-se à palavra da mesma maneira admirada, ávida. — Ajudar ir. Senhor, ficar!

Então, Rocannon ficou: sentou-se e observou os kiemhrir entrarem em ação. Cara Preta assobiou, e logo depois cerca de uma dúzia deles entrou com cautela, saltando. Rocannon se perguntou onde, na organização matemática da cidade-colônia, eles encontravam lugares para se esconder e viver; mas obviamente o fato é que encontravam, e havia depósitos também, pois um vinha trazendo nas mãozinhas pretas um esferoide branco que se parecia muito com um ovo. Era uma casca de ovo usada como frasco; Cara Preta pegou-a e retirou o topo com cuidado. Dentro, havia um líquido espesso e claro. Ele espalhou um pouco nas feridas perfuradas nos ombros dos homens inconscientes; então, enquanto outros levantaram a cabeça dos homens com ternura e medo, ele derramou um pouco do líquido na boca de cada um deles. Ele não tocou em Raho. Os kiemhrir não falavam entre si, usavam apenas assobios e gestos, muito calmos e com uma comovente expressão de cortesia.

Cara Preta aproximou-se de Rocannon e disse, tranquilizador:

— Senhor, ficar.

— Esperar? Claro.

— Senhor — disse o kiemher com um gesto em direção ao corpo de Raho, e então parou.

— Morto — disse Rocannon.

— Morto, morto — repetiu a criaturinha. Ele tocou a base do pescoço e Rocannon assentiu.

O pátio de paredes prateadas transbordava de luz quente. Yahan, deitado perto de Rocannon, inspirou fundo.

Os kiemhrir se sentaram sobre as ancas em semicírculo atrás de seu líder. Para ele, Rocannon disse:

— Pequeno senhor, posso saber seu nome?

— Nome — sussurrou o de cara preta. Os outros estavam todos muito quietos.

— Liuar — respondeu ele, a velha palavra que Mogien tinha usado para se referir tanto a nobres como a plebeus, ou o que o *Manual* chama de Espécie II. — Liuar, fiia, gdemiar: nomes. Kiemhrir: não nome.

Rocannon assentiu, imaginando o que poderia estar implícito ali. A palavra "kiemher, kiemhrir" era, na verdade, ele percebeu, apenas um adjetivo, significando ágil ou rápido.

Atrás dele, Kyo prendeu a respiração, moveu-se e sentou-se. Rocannon foi até ele. As pessoinhas sem nome observavam com seus olhos pretos, atentas e silenciosas.

Yahan despertou, e então, por fim, Mogien, que devia ter recebido uma grande dose do agente paralisante, pois no início não conseguia nem levantar a mão. Um dos kiemhrir timidamente mostrou a Rocannon que ele poderia ser útil esfregando os braços e as pernas de Mogien, o que ele fez, enquanto explicava o que tinha acontecido e onde estavam.

— A tapeçaria — murmurou Mogien.

— O que é isso? — perguntou Rocannon, com gentileza, imaginando que ele ainda estivesse confuso, e o jovem sussurrou:

— A tapeçaria, em casa... os gigantes alados.

Então Rocannon se lembrou de Haldre sob a imagem tecida de guerreiros de cabelos louros lutando contra figuras aladas, no Grande Salão de Hallan.

Kyo, que estava observando os kiemhrir, estendeu a mão. Cara Preta pulou até ele e colocou a mão pequena, preta e sem polegar na palma longa e delgada de Kyo.

— Mestres das Palavras — falou o fian, baixinho. — Amantes das palavras, os comedores de palavras, os sem nome, entes ágeis, de grande memória. Vocês ainda se lembram das palavras do Povo Alto, ó, kiemhrir?

— Ainda — respondeu o Cara Preta.

Com a ajuda de Rocannon, Mogien se levantou, parecendo esquelético e enrijecido. Ficou um tempo ao lado de Raho, cujo rosto tinha uma aparência horrível sob a luz do sol, forte e branca. Então cumprimentou os kiemhrir e falou, respondendo a Rocannon, que já estava bem outra vez.

— Se não houver portões, podemos abrir apoios para os pés e escalar — afirmou Rocannon.

— Apite para os corcéis, Senhor — murmurou Yahan.

A questão de que o apito poderia acordar as criaturas na cúpula era muito complexa para explicar aos kiemhrir. Como os entes alados pareciam inteiramente noturnos, eles optaram por arriscar. Mogien puxou um tubinho preso a uma corrente sob seu manto e soprou; Rocannon não ouviu, mas os kiemhrir se encolheram de medo. Em vinte minutos, uma grande sombra sobrevoou a cúpula, deu meia-volta, disparou para o Norte e logo retornou com um companheiro. Ambos desceram, com um poderoso bater de asas, no pátio: o corcel-de-vento listrado e o cinza, de Mogien. O branco nunca mais viram. Podia ter sido aquele que Rocannon tinha visto na rampa, na penumbra dourada opaca da cúpula, alimento para as larvas dos anjos.

Os kiemhrir ficaram com medo dos corcéis. A delicada cortesia do Cara Preta quase desapareceu no pânico mal controlado quando Rocannon tentou lhe agradecer e se despedir.

— Oh, voar, Senhor! — disse ele, em um lamento, afastando-se dos grandes pés com garras dos corcéis-de-vento; por isso, eles não perderam tempo ao partir.

A uma hora de cavalgada saindo da cidade-colônia, estavam suas bolsas e selas, e os mantos e peles sobressalentes que usavam para dormir, intocados ao lado das cinzas do incêndio da noite anterior. No meio da colina jaziam três Entes Alados mortos e, perto deles, as duas espadas de Mogien, uma delas quebrada perto do cabo. Mogien tinha acordado e visto os entes alados curvados sobre Yahan e Kyo. Um deles o mordera:

— E eu não conseguia falar — contou ele. Mas ele lutou e matou três antes que a paralisia o derrubasse. — Ouvi Raho chamar. Ele me chamou três vezes, mas não consegui ajudá-lo. — Ele se sentou entre as ruínas cobertas de mato, que sobreviveram a todos os nomes e lendas, com sua espada quebrada sobre os joelhos, e não disse mais nada.

Fizeram uma pira de galhos e gravetos e sobre ela colocaram Raho, que trouxeram da cidade; ao seu lado, o arco de caça e as flechas. Yahan acendeu uma nova fogueira e Mogien ateou fogo. Eles montaram nos corcéis-de-vento, Kyo atrás de Mogien e Yahan atrás de Rocannon, e subiram em espiral em volta da fumaça e do calor do fogo que ardia sob a luz do sol do meio-dia no topo de uma colina na terra estranha.

Por um longo tempo, puderam ver a fina coluna de fumaça atrás deles enquanto voavam.

Os kiemhrir deixaram claro que deveriam seguir em frente e se esconderem à noite, ou os Entes Alados os perseguiriam novamente no escuro. Por isso, ao anoitecer, o grupo desceu até um riacho em um desfiladeiro profundo e arborizado, acampando a pouca distância de uma cachoeira. Era úmido, mas a atmosfera era perfumada e musical, relaxando seus espíritos. Os homens encontraram uma iguaria para o jantar, certo animal aquático com casca e movimentos lentos, muito saboroso; mas Rocannon não conseguiu comer aquilo. Havia pelos vestigiais entre as juntas e na cauda; eram mamíferos ovíparos, como muitos animais ali, como os kiemhrir, provavelmente.

— Coma você, Yahan. Não consigo descascar algo que poderia falar comigo — falou ele, irritado pela fome, e foi se sentar ao lado de Kyo.

Kyo sorriu, esfregando o ombro dolorido.

— Se todas as criaturas pudessem ser ouvidas falando...

— Eu, pelo menos, morreria de fome.

— Bem, as criaturas verdes são silenciosas — opinou o fian, dando tapinhas em uma árvore de tronco áspero que se inclinava sobre o riacho. Ali ao sul, as árvores, todas coníferas, estavam florescendo, e as florestas estavam repletas do pó adocicado de pólen liberado no ar. Todas as flores ali entregavam seu pólen ao vento, gramíneas e coníferas: não havia insetos, nem flores com pétalas. A primavera do mundo sem nome era toda verde, verde-escuro e verde-claro, com grandes manchas de pólen dourado.

Mogien e Yahan foram dormir quando escureceu, estendidos perto das cinzas quentes; não mantiveram o fogo para não atrair os Entes Alados. Como Rocannon adivinhara, Kyo era mais resistente do que os homens quando se tratava de venenos; ele se sentou e conversou com Rocannon junto à margem do riacho no escuro.

— Você cumprimentou os kiemhrir como se os conhecesse — observou Rocannon, ao que o fian respondeu:

— O que um membro de nossa aldeia se lembrasse, todos se lembravam, Olhor. Tantos contos, boatos, mentiras e verdades são conhecidos por nós, e não se sabe quanto tempo algumas dessas histórias têm...

— Mas você não sabia nada sobre os Entes Alados?

Parecia que Kyo ignoraria aquela, mas ele enfim falou:

— Os fiia não têm nenhuma memória para o medo, Olhor. Como teríamos? Nós escolhemos. A noite, as cavernas, as espadas de metal, nós deixamos para o povo da argila quando nosso caminho se separou do deles; escolhemos os vales verdes, a luz do sol, a vasilha de madeira. Por isso somos um povo pela metade. E nós nos esquecemos, nos esquecemos de muita coisa! — Naquela noite, sua voz suave estava mais decisiva, mais urgente do que nunca, soando clara em meio ao ruído do riacho e das cachoeiras no alto do desfiladeiro.

— Todos os dias, enquanto viajamos para o Sul, percorri as histórias que meu povo aprende quando criança, nos vales de Angien. E considero verdadeiras todas as histórias. Mas metade delas nós todos esquecemos. Os pequenos Devoradores de Nomes, os kiemhrir, estão em velhas canções que cantamos, de uma mente para a outra; mas não os Entes Alados. Os amigos, sim; mas os inimigos, não. A luz do sol, sim; não a escuridão. E eu sou o companheiro de Olhor que, nas lendas, viaja para o Sul sem espada. Divido a montaria com Olhor, que procura ouvir a voz de seu inimigo, que viajou através da grande escuridão, que viu o mundo pender como uma joia azul na escuridão. Sou apenas metade de uma pessoa. Não posso ir além das colinas. Não posso ir para os lugares altos com você, Olhor!

Rocannon colocou sua mão devagar no ombro de Kyo. O fian ficou imóvel no mesmo instante. Eles ficaram sentados, ouvindo o som do riacho, das cachoeiras à noite, a observar a luz cinzenta das estrelas cintilando na água corrente, sob amontoados e redemoinhos de pólen carregados pelo vento gelado das montanhas para o sul.

Duas vezes durante o voo do dia seguinte, viram ao leste os domos e as ruas raiadas de cidades-colônias. Naquela noite, fizeram vigília em duplas. Na noite seguinte, estavam no alto das colinas e uma chuva fria os açoitou durante toda a noite e todo o dia seguinte enquanto voavam. Quando as nuvens de chuva se abriram um pouco, havia montanhas acima das colinas, dos dois lados. Mais uma noite chuvosa e interrompida por vigílias se passou no topo das colinas sob a ruína de uma antiga torre, e então, no início da tarde do dia seguinte, eles desceram do outro lado do desfiladeiro, encontrando a luz do sol e um amplo vale que seguia para o sul por distâncias cheias de névoa e margeadas por montanhas.

À direita, conforme voavam acima do vale como se fosse uma grande estrada verde, os picos enfileiravam-se remotos, enormes. O vento era intenso e dourado e os corcéis-de--vento corriam por ele como folhas flutuando à luz do sol. Sobre o verde-claro côncavo abaixo deles, no qual os aglomerados mais escuros de arbustos e árvores pareciam esmaltados, pairava um estreito véu cinza. A montaria de Mogien deu meia-volta enquanto Kyo apontava para baixo, e o grupo cavalgou pelo vento dourado até a aldeia iluminada pelo sol que ficava entre a colina e o riacho, onde pequenas chaminés fumegavam. Um rebanho de herilor pastava nas encostas. No centro do círculo disperso de casinhas, todas elevadas com palafitas, e com varandas ensolaradas, erguiam-se cinco grandes árvores. Foi perto delas que os viajantes pousaram e os fiia vieram encontrá-los, tímidos e risonhos.

Aqueles aldeões falavam pouco da Língua Comum e não estavam acostumados a falar em voz alta. No entanto, entrar em suas casas arejadas, comer em tigelas de madeira polida, refugiar-se da natureza selvagem e das intempéries em sua hospitalidade alegre por uma noite foi como voltar para casa. Pessoinhas estranhas, pouco diretas, graciosas, evasivas: o povo pela metade, como Kyo chamara a própria espécie. No entanto, o próprio Kyo não era mais um deles. Ainda que, vestindo as roupas limpas que lhe deram, se parecesse com eles, movendo-se e gesticulando como eles, no grupo ele se destacava completamente. Era porque, como um estranho, Kyo não podia falar livremente com os demais de sua espécie, ou porque tinha, por sua amizade com

Rocannon, se transformado e se tornado outro tipo de ser, mais solitário, mais triste, mais completo?

Os fiia puderam descrever a configuração daquela terra. O outro lado da grande cordilheira, a oeste do vale, era deserto, eles disseram; para continuar até o Sul, os viajantes deveriam acompanhar o vale, mantendo-se a leste das montanhas, por um longo caminho até que a própria cordilheira se voltasse para o leste.

— Podemos encontrar passagens para o outro lado? — perguntou Mogien, e as pessoinhas sorriram e responderam:

— Com certeza, com certeza.

— E além das passagens, vocês sabem o que existe?

— As passagens são muito altas, muito frias — informaram os fiia, educadamente.

Os viajantes ficaram duas noites na aldeia para descansar e partiram com mochilas cheias de pão-de-viagem e carne-seca oferecidos pelos fiia, que encontravam alegria na generosidade. Depois de dois dias de voo, eles chegaram a outra aldeia do povo pequeno, onde foram novamente recebidos com a cordialidade dispensada não à chegada de estranhos, mas a um retorno há muito esperado. Assim que os corcéis pousaram, um grupo fian de homens e mulheres veio ao encontro deles, cumprimentando Rocannon, o primeiro a apear:

— Salve, Olhor! — Aquilo o espantou e, ainda intrigado, ele logo se lembrou que a palavra significava, é claro, "nômade", o que ele obviamente era. Ainda assim, foi Kyo, o fian, que lhe dera o nome.

Mais tarde, descendo o vale depois de outro dia longo e calmo de voo, Rocannon perguntou a Kyo:

— Entre o seu povo, Kyo, você não tem um nome próprio?

— Eles me chamam de "pastor" ou "irmão mais novo" ou "corredor". Eu era rápido em nossas corridas.

— Mas esses são apelidos, descrições, como Olhor ou kiemhrir. Vocês, os fiia, são grandes nomeadores. Vocês acolhem cada um que chega com um apelido, Senhor das Estrelas, Porta-Espada, Cabelo de Sol, Mestre das Palavras... acho que os angyar aprenderam o amor que têm em apelidar com vocês. E, mesmo assim, vocês não têm nomes.

— Senhor das Estrelas, viajado, cabelo grisalho, portador de joias — falou Kyo, sorrindo —; o que há, então, em um nome?

— Cabelo grisalho? Fiquei grisalho? Não tenho certeza do que há em um nome. Meu nome, que me foi dado quando nasci, é Gaverel Rocannon. Quando falei isso, não descrevi nada, mas nomeei a mim mesmo. E quando vejo um novo tipo de árvore nesta terra, pergunto a você, ou a Yahan e Mogien, já que você raramente responde, como ela se chama. Fico inquieto até saber o nome dela.

— Bem, é uma árvore; como eu sou um fian; como você é um... o quê?

— Mas há distinções, Kyo! Em cada aldeia daqui pergunto como são chamadas aquelas montanhas ocidentais, a cordilheira que domina as vidas daquelas pessoas desde que nascem, e elas dizem: "Aquelas são montanhas, Olhor".

— E são — respondeu Kyo.

— Mas existem outras montanhas, a cordilheira mais baixa a leste, ao longo deste mesmo vale! Como vocês diferenciam uma cordilheira da outra, um ser de outro, sem nomes?

Agarrando os joelhos, o fian olhou para os picos ardendo ao pôr do sol no Oeste. Depois de um tempo, Rocannon percebeu que ele não responderia.

Os ventos ficaram mais quentes e os longos dias mais longos à medida que o ano quente avançava e o grupo ia cada dia mais para o sul. Como os corcéis-de-vento suportavam carga dupla, não avançavam depressa, muitas vezes parando por um ou dois dias a fim de caçar e deixar os corcéis caçarem; mas enfim avistaram as montanhas à frente curvando para encontrar a cordilheira costeira a leste, bloqueando o caminho. O verde do vale subia a inclinação das imensas encostas e cessava. Muito mais alto havia trechos de vales alpinos verdes e marrom-esverdeados; então o cinza da rocha e das escarpas; e, finalmente, a meio caminho do céu, o branco luminoso e tempestuoso dos picos.

Eles chegaram a uma aldeia fian no alto das colinas. O vento frio soprava dos cumes nos telhados frágeis, espalhando fumaça azul na luz e nas sombras da longa noite. Como sempre, os viajantes foram recebidos com alegre generosidade, ganharam água, carne fresca e ervas em tigelas de madeira, no aconchego de uma casa, enquanto suas roupas empoeiradas foram limpas e seus corcéis-de-vento alimentados e acariciados por criancinhas minúsculas, temperamentais. Depois do jantar, quatro garotas da aldeia dançaram para eles, sem música, seus movimentos e passos tão leves e rápidos que elas pareciam etéreas, um jogo de luz e sombra, fugidio, fugaz, contra a incandescência do fogo. Rocannon olhou com um sorriso de prazer para Kyo, que, como sempre, estava sentado a seu lado. O fian retribuiu o olhar com seriedade e falou:

— Vou ficar aqui, Olhor.

Rocannon conteve a reação de surpresa e por mais um tempo observou as dançarinas, os padrões impalpáveis, mutáveis, de formas iluminadas pelo fogo em movimento. Elas teciam uma música com o silêncio e uma estranheza na mente. Sob a luz do fogo, as paredes de madeira curvavam-se, tremeluziam e se modificavam.

— Foi profetizado que o Nômade escolheria companheiros. Por um tempo.

Rocannon não sabia se ele havia falado, ou Kyo, ou sua memória. As palavras estavam em sua mente e na de Kyo. As dançarinas se separaram, e suas sombras correram velozes pelas paredes; o cabelo solto de uma delas esvoaçou, brilhante, por um momento. A dança que não tinha música acabou, e as dançarinas que, como a luz e a sombra, não tinham nome, estavam imóveis. Então, entre ele e Kyo, um padrão chegou ao fim, tornando-se silêncio.

VIII

Sob as asas de seu corcel-de-vento, que batiam pesadamente, Rocannon avistou à sua frente uma encosta de rocha destruída, acompanhada por um caos de penedos, que se inclinava para cima de modo que a ponta da asa esquerda do corcel quase roçou nas rochas à medida que subia e avançava em direção à passagem mais rebaixada. Ele ajustou as correias de batalha em torno das coxas, pois as correntes e rajadas de vento às vezes desestabilizavam os corcéis, e vestiu a impermaveste para se aquecer. Cavalgando atrás dele, envolto em todas as capas e peles de que os dois dispunham, Yahan ainda estava com tanto frio que tinha atado os pulsos na sela, incapaz de confiar que se seguraria. Mogien, cavalgando bem à frente em seu corcel menos carregado, suportava o frio e a altitude muito melhor do que Yahan, e enfrentava sua batalha com as alturas com implacável alegria.

Havia quinze dias, tinham deixado a última aldeia fian, despedindo-se de Kyo, e partiram para o sopé e as cordilheiras mais baixas para o que parecia ser a passagem mais larga. Os fiia não lhes puderam dar orientações; diante de qualquer menção a cruzar as montanhas, eles se calavam com um olhar acovardado.

Os primeiros dias tinham corrido bem, mas à medida que subiam, os corcéis-de-vento começaram a se cansar depressa; o ar rarefeito não lhes fornecia a entrada de oxigênio rico que consumiam ao voar. Ainda mais alto, os corcéis enfrentaram o frio e o clima traiçoeiro de grandes altitudes. Nos três dias anteriores, eles tinham percorrido talvez quinze quilômetros, a maior parte dessa distância às cegas. Os homens passaram fome para dar aos corcéis uma ração extra de carne-seca; naquela manhã, Rocannon deixou que terminassem o que restava no saco, pois se não atravessassem a passagem no mesmo dia, teriam de voltar para as florestas onde poderiam caçar e descansar, e começar tudo de novo. Agora pareciam estar no caminho certo para uma passagem, mas um vento muito fraco soprava dos picos em direção ao leste e o céu estava ficando branco e opaco. Mogien ainda voava à frente e Rocannon forçava sua montaria a segui-lo; pois naquela passagem cruel interminável a grandes alturas, Mogien era seu líder e ele o seguia. Ele tinha esquecido porque queria cruzar aquelas montanhas, lembrando apenas que tinha de fazê-lo, que tinha de ir para o Sul. Porém, para ter coragem de prosseguir, ele dependia de Mogien.

— Acho que este é o seu domínio — dissera ele ao jovem na noite anterior, quando discutiram o percurso; e, olhando para a ampla e fria paisagem de picos e abismos, rocha, neve e céu, Mogien respondeu com sua apressada certeza senhorial:

— Este é o meu domínio.

Ele estava chamando agora, e Rocannon tentou encorajar seu corcel enquanto espiava à frente, entre os cílios congelados, procurando uma brecha no caos em declive interminável. Lá estava, um ângulo, uma viga saliente no teto do planeta: a encosta da rocha desaparecia de repente e logo abaixo, um deserto de branco: a passagem. Nos dois lados, picos desgastados pelo vento erguiam-se para as nuvens espessas de neve. Rocannon estava perto o suficiente para ver o rosto imperturbável de Mogien e ouvir seu brado, o grito de guerra em falsete do guerreiro vitorioso. Ele continuou seguindo Mogien acima do vale branco, abaixo das nuvens brancas. A neve começou a dançar em volta deles; não caía, apenas dançava ao redor, em seu hábitat, seu berço, uma dança seca e tremeluzente. Meio faminto e sobrecarregado, o corcel ofegava a cada elevação e batida das grandes asas listradas. Mogien tinha recuado para perder Rocannon nas nuvens de neve, mas ainda estava na frente, e eles o seguiram.

Havia um brilho na névoa tremeluzente dos flocos de neve e, aos poucos, surgiu uma radiância dourada, fina e clara. Um dourado pálido, os campos íngremes de neve estendendo-se para baixo. Logo em seguida, de forma abrupta, o mundo caiu, e os corcéis-de-vento avançaram com dificuldade em um vasto golfo de ar. Muito abaixo, muito longe, iluminados e pequenos, repousavam vales, lagos, a língua cintilante de uma geleira, manchas de floresta verde. A montaria de Rocannon contorceu-se e caiu, as asas erguidas; desabou como uma pedra, o que fez Yahan gritar de terror e Rocannon fechar os olhos e se segurar.

As asas bateram com um estrondo; bateram de novo; a queda diminuiu, tornou-se novamente um planar esforçado e parou. O corcel encolheu-se, trêmulo, no vale rochoso. Ali perto, a besta cinza de Mogien tentava se deitar enquanto Mogien, rindo, pulava de suas costas e gritava:

— Acabou, conseguimos! — Ele se aproximou dos outros, o rosto escuro e vívido iluminado pelo triunfo. — Agora, ambos os lados das montanhas são meu domínio, Rocannon!... Este lugar vai servir para nosso acampamento esta noite. Amanhã os corcéis podem caçar, mais abaixo, onde crescem as árvores, e nós seguimos a pé. Venha, Yahan.

Yahan encolheu-se na garupa da sela, incapaz de se mover. Mogien levantou-o da sela e ajudou-o a deitar-se sob o abrigo de um penedo saliente; pois embora o sol do fim da tarde brilhasse ali, seu calor mal superava o da Grande Estrela, que era uma migalha minúscula de cristal no céu, a sudoeste; e o vento ainda soprava um frio cortante. Enquanto Rocannon desselava os corcéis, o senhor angyar tentava ajudar seu servo, fazendo o possível para deixá-lo aquecido. Não havia nada para construir uma fogueira — ainda estavam muito acima da floresta. Rocannon tirou a impermaveste e fez Yahan colocá-la, ignorando os protestos fracos e assustados do plebeu; em seguida, usou as peles para cobrir-se. Os corcéis-de-vento e os homens se amontoaram para aquecerem-se uns aos outros e dividiram um pouco da água e do pão-de-viagem. A noite se ergueu, vinda das vagas terras da base. As estrelas emergiram, liberadas pela escuridão, e as duas luas mais luminosas brilhavam ao alcance da mão.

No meio da noite, Rocannon despertou de um sono vazio. Tudo estava estrelado, silencioso, mortalmente frio. Yahan segurou-lhe o braço e sussurrou febrilmente, sacudindo-lhe o braço e murmurando. Rocannon olhou para onde ele apontava e viu, de pé, na pedra acima deles, uma sombra, uma interrupção nas estrelas.

Como a sombra que ele e Yahan tinham visto nos pampas, ao norte, esta era grande e estranhamente vaga. Enquanto Rocannon a observava, um brilho fraco do céu começou a atravessar a forma escura e, em seguida, não havia mais sombra, apenas a transparência escura do ar. À esquerda de onde estivera a sombra, brilhava Heliki, tênue em seu ciclo minguante.

— Foi uma ilusão da luz da lua, Yahan — sussurrou Rocannon. — Volte a dormir, está com febre.

— Não — disse a voz calma de Mogien ao lado dele. — Não foi uma ilusão, Rocannon. Foi minha morte.

Yahan sentou-se, tremendo de febre.

— Não, Senhor! Não é sua; não pode ser! Eu a vi antes, nas planícies, quando você não estava conosco... Olhor também!

Evocando em seu auxílio os últimos resquícios de bom senso, de moderação científica, das velhas regras da vida, Rocannon tentou falar com autoridade:

— Não sejam ridículos — censurou.

Mogien não prestou atenção nele.

— Eu a vi nas planícies, onde ela estava me procurando. E duas vezes nas colinas, enquanto procurávamos a passagem. De quem seria essa morte, se não minha? Sua, Yahan? Você é um senhor, um angya, você usa a segunda espada?

Doente e desesperado, Yahan tentou suplicar, mas Mogien continuou:

— Não é de Rocannon, pois ele ainda segue seu caminho. Um homem pode morrer em qualquer lugar, mas um senhor encontra sua própria morte, sua verdadeira morte, apenas em seu domínio. Ela o espera no lugar que é dele, em um campo de batalha, um salão ou o fim de uma estrada. E este é o meu lugar. Destas montanhas saiu meu povo, e eu retornei. Minha segunda espada foi quebrada, lutando. Mas ouça, minha morte: eu sou Mogien, o herdeiro de Halla... você me reconhece agora?

O vento fraco e gelado soprava sobre as rochas. Pedras pairavam sobre eles, estrelas cintilavam além. Um dos corcéis-de-vento estremeceu e rosnou.

— Fique quieto — ordenou Rocannon. — Isso tudo é tolice. Fique quieto e durma...

Mas ele não conseguiu dormir profundamente depois disso, e sempre que acordava via Mogien sentado ao lado do grande flanco de seu corcel, quieto e pronto, vigiando as terras escurecidas pela noite.

Com a chegada da luz do dia, eles deixaram os corcéis livres para caçar nas florestas, mais abaixo, e começaram a descer a pé. Ainda estavam em um ponto muito alto, acima do limite das árvores, e só estariam seguros enquanto o tempo estivesse bom. Mas, depois de uma hora, perceberam que Yahan não conseguiria; não era uma descida difícil, mas a exposição ao frio e a exaustão exigiram muito dele, que não conseguia continuar andando, quanto mais se arrastando e se segurando, como às vezes precisavam fazer. Outro dia de descanso protegido pela veste de Rocannon poderia lhe dar forças para prosseguir; mas isso significaria outra noite ali sem fogo, abrigo ou comida suficiente. Mogien pesou os riscos sem parecer levá-los a sério e sugeriu que Rocannon ficasse com Yahan em uma plataforma protegida e ensolarada enquanto ele procurava por uma descida fácil o suficiente para que conseguissem levar Yahan para baixo, ou, na falta dela, por um abrigo que pudesse evitar a neve.

Depois que ele partiu, Yahan, deitado e meio letárgico, pediu água. O cantil estava vazio. Rocannon disse-lhe para permanecer descansando e subiu a encosta inclinada até uma plataforma sombreada por um penedo, cerca de quinze metros, ou mais, acima, onde viu um pouco de neve compactada brilhando. A subida foi mais difícil do que Rocannon tinha avaliado, e ele se deitou na plataforma ofegando no ar claro e rarefeito, com o coração batendo forte.

Havia um som em seus ouvidos que, a princípio, pensou ser a melodia de seu próprio sangue; então, perto de sua mão, viu água correndo. Ele se sentou. Um córrego minúsculo, que escoava liberando fumaça, serpenteava ao longo da base de um monte de neve dura, à sombra. Ao procurar a nascente do riacho, viu uma fenda escura sob o penhasco saliente: uma caverna. Uma caverna era a maior esperança de abrigo que tinham, disse sua mente racional; mas ela falava alheia à agitação de um sentimento sombrio e não racional: pânico. Ele ficou sentado, imóvel, nas garras do maior medo que já experimentara.

À sua volta, a luz do sol cintilava na rocha cinzenta. Os picos das montanhas estavam escondidos pelos penhascos mais próximos e as terras mais baixas, ao sul, estavam escondidas por uma nuvem que não se dissipava. Não havia nada naquela viga cinzenta e nua do mundo além dele e uma abertura escura entre os penedos.

Depois de muito tempo, Rocannon ficou em pé, caminhou pisando no riacho cheio de vapor e falou com a presença que, ele sabia, esperava dentro daquela fresta sombria.

— Eu vim — disse.

A escuridão mudou um pouco, e o morador da caverna aproximou-se da entrada.

Era como alguém do povo da argila, anão e pálido; como os fiia, frágil e de olhos claros; semelhante aos dois, semelhante a nenhum dos dois. O cabelo era branco. A voz não era voz, pois soou dentro da mente de Rocannon enquanto tudo o que seus ouvidos ouviam era o assovio enfraquecido do vento; e não havia palavras. No entanto, a figura perguntou o que ele desejava.

— Não sei — respondeu o homem em voz alta, aterrorizado, mas seu desejo firme respondeu silenciosamente: *vou para o Sul, encontrar meu inimigo e destruí-lo.*

O vento soprava assobiando; o fluxo quente ria a seus pés. Movendo-se lenta e levemente, o morador da caverna afastou-se e Rocannon, abaixando-se, entrou no espaço escuro.

O que você dá em troca do que lhe dei?

O que devo oferecer, Ancião?

Aquilo que você mais ama e está menos disposto a dar.

Não tenho nada meu neste mundo. Que coisa posso dar?

Uma coisa, uma vida, uma chance; um olho, uma esperança, um retorno: o nome não precisa ser conhecido. Mas você vai gritar esse nome em voz alta quando ele se for. Você o dá livremente?

Livremente, Ancião.

Silêncio e vento. Rocannon abaixou a cabeça e saiu da escuridão. Quando se endireitou, a luz vermelha atingiu seus olhos, um sol nascente frio e vermelho sobre um mar de nuvens cinza e escarlate.

Yahan e Mogien dormiam encolhidos na plataforma mais baixa, um monte de peles e mantos, imperturbáveis enquanto Rocannon descia até eles.

— Acordem — falou ele baixinho. Yahan se sentou, com o rosto contorcido, infantil, no vermelho duro do amanhecer.

— Olhor! Achamos... Você tinha ido embora... Achamos que você tinha caído...

Mogien balançou a cabeça de crina amarela para afastar o sono e ergueu os olhos um minuto para Rocannon. Depois disse, em tom rouco e gentil:

— Bem-vindo de volta, Senhor das Estrelas, companheiro. Ficamos esperando você aqui.

— Eu encontrei... eu falei com...

Mogien levantou a mão.

— Você voltou; alegro-me com seu retorno. Vamos para o Sul?

— Sim.

— Ótimo — falou Mogien. Naquele momento não foi estranho para Rocannon que Mogien, que por tanto tempo pareceu seu líder, agora falasse com ele como um inferior a seu grande senhor.

Mogien soprou seu apito, mas, depois de muito esperarem, os corcéis-de-vento não vieram. Eles comeram o último pão duro e nutritivo dos fian e saíram a pé de novo. O calor da impermaveste fez bem a Yahan, e Rocannon insistiu que ele a mantivesse. O jovem plebeu precisava de comida e de descanso de verdade para recuperar as forças, mas agora conseguia seguir em frente, e os três tinham de continuar; por trás daquele sol nascente vermelho viria o mau tempo. O caminho não era perigoso, e sim lento e cansativo. No meio da manhã, um dos corcéis apareceu: o cinzento, de Mogien, que surgiu voando das florestas. Eles o carregaram com as selas, arreios e peles, tudo o que tinham agora, e a criatura voou atrás, na frente ou ao lado deles como quis, às vezes soltando um uivo ressoante, como se chamasse seu companheiro listrado, ainda caçando ou se divertindo nas florestas.

Por volta do meio-dia, chegaram a um trecho difícil: a face de um penhasco que se projetava como um escudo, sobre o qual teriam de rastejar amarrados, juntos.

— Do ar dá para ver um caminho melhor para seguirmos, Mogien — sugeriu Rocannon.

— Queria que o outro corcel viesse. — Ele tinha um senso de urgência; queria sair daquela montanha nua e cinzenta e se esconder entre as árvores.

— A besta estava cansada quando a soltamos; pode não ter caçado ainda. Este aqui carregou menos peso na passagem. Vou ver a largura desse penhasco. Talvez meu corcel consiga carregar os três por uma distância de algumas flechadas. — Ele assobiou e o corcel cinza, com uma obediência leal que ainda assombrava Rocannon em uma besta tão grande e tão carnívora, rodou no ar e subiu voando com graça até o penhasco onde eles esperavam. Mogien montou e, com um brado, levantou voo com o cabelo brilhante refletindo o último raio de luz do sol a atravessar as massas de nuvens cada vez mais espessas.

O vento fraco e frio ainda soprava. Yahan se agachou em um ângulo da rocha, de olhos fechados. Rocannon sentou-se, olhando ao longe para o cume mais remoto do qual podia perceber o brilho esmaecido do mar. Ele não esquadrinhou a paisagem imensa e vaga que surgia e desaparecia entre nuvens que passavam, mas fitou um ponto, ao sul e um pouco a leste, um lugar. Fechou os olhos. Tentou escutar e ouviu.

Era uma estranha dádiva que ele tinha recebido do morador da caverna, o guardião do poço quente nas montanhas sem nome; uma dádiva que se opunha à sua natureza questionadora. Lá, no escuro da primavera muito quente, foi-lhe ensinada uma habilidade sensorial que sua raça, e os homens da Terra, haviam testemunhado e estudado em outras raças, mas para a qual não tinham visão nem audição, exceto por breves vislumbres e raras exceções. Agarrando-se à sua humanidade, ele recuou da totalidade do poder que o guardião do bem possuía e oferecia. Tinha aprendido a ouvir as mentes de uma raça, um tipo de criatura; entre todas as vozes de todos os mundos, uma só voz: a de seu inimigo.

Com Kyo, Rocannon teve alguns princípios de conversa mental; mas não queria conhecer a mente de seus companheiros quando eles desconheciam a sua. A compreensão deve ser mútua, quando existia lealdade e amor.

Mas ele espionou aqueles que mataram seus amigos e quebraram o vínculo de paz, ele ouviu. Sentou-se na base de granito de um pico da montanha sem trilhas e ouviu os pensamentos dos homens em edifícios entre colinas ondulantes milhares de metros abaixo e a cem quilômetros de distância. Uma conversação vaga, um murmúrio, uma tagarelice e uma confusão, um turbilhão remoto e uma tempestade de sensações e emoções. Ele não sabia como isolar uma voz da outra e ficava tonto entre uma centena de lugares e posições diferentes; ouviu como uma criança pequena escuta, sem diferenciar. Aqueles que nascem com olhos e ouvidos devem aprender a ver e ouvir, a escolher um rosto no turbilhão duplo do mundo de cabeça para baixo, a diferenciar sentido de uma confusão de ruído. O guardião do poço tinha essa dádiva, da qual Rocannon só ouvira falar em um outro planeta, de despertar o sentido telepático; e ensinara Rocannon a limitá-lo e direcioná-lo, mas não houve tempo de aprender a usá-lo, na prática. A cabeça de Rocannon girava com o impacto de pensamentos estranhos e sentimentos, mil desconhecidos acumulados em sua cabeça. Nenhuma palavra. Ouvir a mente era o termo que os angyar, os forasteiros, usavam para o sentido. O que ele "ouvia" não era fala, mas intenções, desejos, emoções, localizações físicas e direções mentais e sensoriais de muitos homens diferentes misturando-se e se sobrepondo através do próprio sistema nervoso, rajadas terríveis de medo e inveja, o ir e vir do contentamento, abismos de sono, uma vertigem que era parcialmente compreensão e parcialmente sensação. E de repente, do caos, algo se tornou muito claro, um contato mais definido do que uma mão pousada sobre sua carne nua. Alguém vinha em sua direção: um homem cuja mente percebera a sua. Com essa certeza vieram impressões menores de velocidade, de confinamento; de curiosidade e medo.

Rocannon abriu os olhos, olhando para a frente como se visse diante de si o rosto do homem cuja presença tinha sentido. Ele estava perto; Rocannon tinha certeza de que o estranho estava perto e se aproximava mais. No entanto, não havia nada visível, só o espaço e as nuvens. Alguns flocos de neve secos e pequenos rodopiavam ao vento. À sua esquerda assomava-se uma grande saliência de rocha que bloqueava o caminho. Yahan tinha saído e se sentado ao seu lado; o jovem ficou observando-o com um olhar assustado. Mas Rocannon não podia tranquilizar Yahan, pois aquela presença o atraía e ele não podia quebrar o contato.

— Tem... existe um... uma aeronave — murmurou ele, sem muita clareza, como um sonâmbulo. — Lá!

Não havia nada onde ele apontou; ar, nuvem.

— Lá — sussurrou Rocannon.

Yahan, olhando outra vez para onde ele apontava, soltou um grito. Mogien estava cavalgando o corcel cinza bem além do penhasco; mais além, bem além das nuvens que passavam, uma forma escura maior surgiu de repente, parecendo pairar ou mover-se muito devagar. Mogien disparou no vento descendente sem vê-la, tinha o rosto voltado para a parede da montanha e procurava por seus companheiros, duas figuras minúsculas em uma plataforma entre rocha e nuvem.

A forma negra cresceu, movendo-se, e suas palhetas estalavam e pulsavam no silêncio das alturas. Rocannon sentiu, mais do que viu, o homem que estava lá dentro, o contato não compreendido de mente com mente, o medo intenso e desafiador. Ele sussurrou para Yahan:

— Vá se proteger!

Mas ele mesmo não conseguia se mover. O helicóptero avançou, instável, farrapos de nuvens presos em suas pás barulhentas. Ao mesmo tempo em que observava a forma se aproximar, Rocannon olhava de dentro dela, sem saber o que procurava, avistando duas figuras pequenas na montanha, com medo, muito medo... Um clarão, um choque quente de dor, dor insuportável, em sua própria carne. O contato mental havia sido interrompido, destruído por completo. Ele era ele mesmo, de pé na plataforma, pressionando a mão direita contra o peito, ofegando, vendo o helicóptero avançar devagar e cada vez mais perto, as palhetas barulhentas como um chocalho alto e seco, e o nariz equipado com laser apontava para ele.

Da direita, do abismo de ar e nuvem, disparou uma besta alada cinza montada por um homem que gritava com uma voz que soava como uma risada alta e triunfante. O movimento das largas asas cinzentas impulsionava o corcel e o cavaleiro para a frente, diretamente contra a máquina, a toda velocidade, de frente. Houve um som de ruptura como a borda de um grande grito, e logo em seguida o ar estava vazio.

Os dois que estavam no penhasco se agacharam, observando. Nenhum som vinha de baixo. Nuvens flutuavam no alto, encobrindo o abismo.

— Mogien!

Rocannon gritou o nome em voz alta. Não houve resposta. Houve apenas dor, medo e silêncio.

IX

A chuva tamborilava forte em um telhado de vigas expostas. A atmosfera da sala era escura e limpa.

Perto do sofá estava uma mulher cujo rosto ele conhecia, um rosto orgulhoso, gentil e escuro, coroado com ouro.

Ele queria lhe contar que Mogien estava morto, mas não conseguia pronunciar as palavras. Ficou ali parado, muito confuso, pois agora se lembrava de que Haldre de Hallan era uma mulher idosa; e a mulher de cabelos dourados que ele tinha conhecido estava morta havia muito tempo; e além disso só a vira uma vez, em um planeta a oito anos-luz de distância, muito tempo atrás, quando ele era um homem chamado Rocannon.

Tentou falar outra vez. Ela o silenciou, dizendo na Língua Comum, apesar de soar um pouco diferente:

— Fique tranquilo, meu senhor. — Ela permaneceu ao lado dele e, em seguida, explicou-lhe, em sua voz branda: — Este é o Castelo de Breygna. Você veio aqui com outro homem, na neve, das alturas das montanhas. Estava perto da morte e ainda está ferido. Haverá tempo…

Havia muito tempo, e ele passava de forma vaga, pacífica, ao som da chuva.

No dia seguinte ou talvez dois dias depois, Yahan veio até ele; Yahan, muito magro, mancando um pouco, com o rosto manchado pelas queimaduras de frio. Mas a mudança menos compreensível era em seu comportamento, derrotado e submisso. Depois de terem conversado um pouco, Rocannon perguntou, incomodado:

— Sente medo de mim, Yahan?

— Vou tentar não sentir, Senhor — gaguejou o jovem.

Quando conseguiu descer ao salão de festas do castelo, o mesmo espanto ou pavor estava em todos os rostos que se voltavam para ele, embora fossem rostos corajosos e afáveis. Cabelos dourados, pele escura, um povo alto, cuja linhagem antiga, os angyar, era apenas uma comunidade que havia muito tempo vagava para o norte pelo mar: mas aqueles eram os liuar, os Senhores da Terra, que viviam no sopé das montanhas e nas planícies ao sul desde tempos imemoriais.

A princípio, Rocannon pensou que estavam apenas desencorajados por sua aparência diferente, o cabelo escuro e a pele pálida, mas Yahan também tinha a mesma cor, e as pessoas não sentiam medo dele. Tratavam-no como um senhor entre os senhores, o que era uma alegria e um espanto para quem já fora servo de Hallan. Mas tratavam Rocannon como a um senhor acima dos senhores, como um diferente.

Havia alguém que falava com ele como se fala a um homem. A Senhora Ganye, nora e herdeira do velho senhor do castelo, estava viúva havia alguns meses e seu filhinho de cabelos claros passava a maior parte do dia com ela. Embora tímida, a criança não tinha medo de Rocannon; gostava dele e de lhe fazer perguntas sobre as montanhas e as terras do norte e sobre o mar. Rocannon respondia a tudo o que a criança perguntava. A mãe ouvia, serena e gentil como a luz do sol, às vezes voltando para Rocannon um rosto sorridente que fazia com que ele se lembrasse da primeira vez que o viu.

Enfim, Rocannon perguntou-lhe o que pensavam a respeito dele no Castelo de Breygna, e ela respondeu com franqueza:

— Acham que você é um deus.

Era a palavra que ele notara havia muito tempo, na aldeia de Tolen, *pedan*.

— Não sou — garantiu ele, sério.

Ela riu um pouco.

— Por que eles pensam assim? — quis saber. — Os deuses dos liuar têm cabelos grisalhos e mãos mutiladas? — O raio laser do helicóptero o atingira no pulso direito e ele perdera praticamente todo o movimento da mão.

— Por que não? — questionou Ganye com o sorriso orgulhoso e cândido. — Mas o motivo é que você *desceu* a montanha.

Ele refletiu por um tempo.

— Diga-me, Senhora Ganye, você conhece... os guardiões do poço?

Então o rosto dela ficou sério.

— Só conhecemos histórias sobre esse povo. Faz muito tempo, nove gerações dos Senhores de Breygna, desde que Iollt, o Alto, subiu aos lugares altos e desceu transformado. Sabíamos que você tinha se encontrado com eles, com o Mais Antigo.

— Sabiam como?

— Em seu sono febril, você sempre falava do preço, do custo, da dádiva dada e seu preço. Iollt pagou também... o custo foi sua mão direita, Senhor Olhor? — perguntou ela com uma timidez repentina, erguendo os olhos para ele.

— Não. Eu daria minhas duas mãos para salvar o que perdi.

Ele se levantou e foi até a janela do salão da torre para observar o espaçoso domínio entre as montanhas e o mar distante. Sob os altos contrafortes onde ficava o Castelo de Breygna serpenteava um rio, que se alargava e cintilava entre colinas mais baixas, desaparecendo em alguns trechos enevoados, onde se podia identificar parcialmente aldeias, campos, torres de castelos e, mais uma vez, o lampejo do rio entre tempestades azuis e raios de sol.

— Esta é a terra mais encantadora que já vi — afirmou. Ele ainda estava pensando em Mogien, que nunca a veria.

— Não é tão encantadora para mim como antes.

— Por que, Senhora Ganye?

— Por causa dos Estranhos!

— Fale-me deles, senhora.

— Eles chegaram aqui no final do inverno passado, muitos deles em grandes embarcações do ar, usando armas que queimam. Ninguém sabe dizer de que terra eles vêm; não existem contos sobre eles. Toda a terra entre o rio Viarn e o mar é deles agora. Eles mataram ou expulsaram todas as pessoas de oito domínios. Nós, aqui nas colinas, somos prisioneiros; não ousamos descer nem mesmo às antigas pastagens com nossos rebanhos. Lutamos contra os Estranhos, no início. Meu marido Ganhing foi morto por suas armas de chamas. — O olhar dela pousou por um segundo na mão queimada e mutilada de Rocannon; por um instante ela parou de falar. — Na... na época do primeiro degelo ele foi morto, e ainda não nos vingamos. Baixamos nossas cabeças e evitamos as terras deles, nós, os Senhores da Terra! E não há homem que faça esses Estranhos pagarem pela morte de Ganhing.

Ah, que fúria adorável, pensou Rocannon, ouvindo na voz dela as trombetas da perdida Hallan.

— Eles vão pagar, Senhora Ganye; vão pagar um preço alto. No entanto, se sabia que eu não era um deus, me considerou um homem comum?

— Não, Senhor — protestou ela. — Não exatamente.

Os dias foram passando, os longos dias do verão de um ano. As encostas brancas dos picos acima de Breygna ficaram azuis, e os grãos nos campos de Breygna, amadurecidos, foram cortados e replantados, e estavam amadurecendo outra vez quando, certa tarde, Rocannon sentou-se ao lado de Yahan no pátio onde dois jovens corcéis-de-vento eram treinados.

— Estou indo de novo para o Sul, Yahan. Você fica aqui.

— Não, Olhor! Permita que eu vá…

Yahan parou, lembrando-se talvez daquela praia enevoada onde, em sua ânsia por aventuras, ele desobedeceu a Mogien. Rocannon sorriu e disse:

— Vou me sair melhor sozinho. Não vai demorar muito, mesmo.

— Mas sou seu servo por juramento, Olhor. Por favor, deixe-me ir.

— Os votos se quebram quando nomes são perdidos. Você jurou seu serviço a Rocannon, do outro lado das montanhas. Nesta terra não há servos, e não há nenhum homem chamado Rocannon. Peço a você, como meu amigo, Yahan, que não diga mais nada a mim ou a qualquer um aqui, mas sele o corcel de Hallan para mim ao raiar do dia amanhã.

Leal, na manhã seguinte, antes do nascer do sol, Yahan estava esperando por ele no pátio de voo, segurando a rédea do único corcel-de-vento restante de Hallan, o cinza listrado. Ele tinha encontrado o caminho para Breygna alguns dias depois de Rocannon e Yahan, chegando um pouco congelado e faminto. Agora estava elegante e cheio de energia, rosnando e chicoteando a cauda listrada.

— Está usando a Segunda Pele, Olhor? — Yahan perguntou em um sussurro, ajustando as correias de batalha nas pernas de Rocannon. — Dizem que os Estranhos atiram em qualquer homem que cavalgue perto de suas terras.

— Estou usando.

— Mas sem espada...?

— Não. Sem espada. Ouça, Yahan, se eu não voltar, olhe no alforje que deixei em meu quarto. Tem um pedaço de pano nele... com marcas e fotos de terra; se alguém do meu pessoal vier aqui, entregue a eles, está bem? E o colar também está lá. — Seu rosto escureceu e ele desviou o olhar por um momento. — Entregue o colar à Senhora Ganye. Caso eu não voltar para fazer isso eu mesmo. Adeus, Yahan; deseje-me boa sorte.

— Que seu inimigo morra sem filhos — sentenciou Yahan em tom feroz e, em lágrimas, deixou o corcel-de-vento voar. Ele disparou para o céu quente e incolor do amanhecer de verão, virou-se com um amplo movimento das asas e, plainando no vento norte, desapareceu colina acima. Yahan ficou observando. De uma janela no alto da Torre de Breygna, um rosto suave e escuro também observou por longo tempo, mesmo depois que o corcel sumiu do campo de visão e o sol já havia nascido.

Foi uma viagem estranha a que Rocannon empreendeu, para um lugar que nunca tinha visto e, ainda assim, conhecia interior e exteriormente pelas impressões variadas de centenas de mentes diferentes. Pois embora não houvesse como enxergar com o sentido da mente, havia a sensação tátil e a percepção do espaço e das relações espaciais, do tempo, do movimento e da posição. Da atenção dada a tais sensações por horas a fio durante cem dias de prática, enquanto permanecia sentado em seu quarto no Castelo de Breygna, ele adquiriu um conhecimento exato, mas não visualizado nem verbalizado, de cada edifício e área da base inimiga. E pela sensação direta e a extrapolação a partir dela, Rocannon sabia qual era a base e por que estava ali, como entrar e onde encontrar o que queria.

Mas era muito difícil, depois de uma longa e intensa prática, *não* usar o sentido da mente conforme se aproximava dos inimigos: silenciá-los, enfraquecê-los, usando apenas seus olhos, seus ouvidos e seu intelecto. O incidente na encosta da montanha o alertara para o fato de que, de perto, indivíduos sensíveis podem se tornar conscientes de sua presença, ainda que fosse uma percepção vaga, como um palpite ou uma premonição. Ele tinha atraído o piloto do helicóptero para a montanha como um peixe na linha, embora o piloto talvez nunca tivesse compreendido o que o fez voar daquele jeito ou por que se sentiu compelido a atirar nos homens que encontrou. Agora, entrando na base gigantesca sozinho, Rocannon não queria chamar a atenção para si mesmo, de forma alguma, pois vinha como um gatuno à noite.

Ao pôr do sol, deixou seu corcel-de-vento amarrado em uma clareira na encosta e, depois de várias horas de caminhada, estava se aproximando de um conjunto de edifícios em uma vasta planície de cimento, o campo de foguetes. Havia apenas um campo que raramente era usado agora que todos os homens e o material estavam ali. A guerra não era travada com foguetes à velocidade da luz quando o planeta civilizado mais próximo estava a oito anos-luz de distância.

A base era grande, assustadoramente grande, quando vista com os próprios olhos, mas a maior parte do terreno e dos edifícios era para a habitação dos homens. Os rebeldes agora tinham quase todo o seu exército ali. Enquanto a Liga perdia seu tempo procurando e dominando o planeta natal dos inimigos, estes apostavam tudo na alta probabilidade de não serem encontrados naquele mundo sem nome entre todos os mundos da galáxia. Rocannon sabia que alguns dos grandes alojamentos estavam vazios de novo; um contingente de soldados e técnicos fora enviado alguns dias antes para ocupar, como ele adivinhara, um planeta que haviam conquistado ou tinham persuadido a se juntar a eles como aliado. Aqueles soldados não chegariam àquele mundo em um período de quase dez anos. Os faradeianos eram muito seguros de si, deviam estar se saindo bem em sua guerra. Tudo de que precisavam para destruir a segurança da Liga de Todos os Mundos era uma base bem escondida e as seis armas poderosas que possuíam.

Ele escolhera uma noite em que, de todas as quatro luas, apenas o pequeno asteroide capturado, Heliki, estaria no céu antes da meia-noite. Heliki brilhava acima das colinas enquanto Rocannon se aproximava de uma fileira de hangares, que lembrava um recife escuro no mar cinza de cimento, mas ninguém o viu e ele não sentiu ninguém por perto. Não havia cercas, e os guardas eram poucos. A vigilância local era feita por máquinas que escaneavam anos-luz de espaço ao redor do sistema Fomalhaut. O que eles tinham a temer, afinal de contas, nos aborígenes da Idade do Bronze do pequeno planeta sem nome?

Heliki exibia seu brilho máximo quando Rocannon deixou a sombra da fileira de hangares. A pequena lua estava na metade do ciclo minguante quando ele alcançou seu objetivo: as seis naves SL. Estavam pousadas como seis imensos ovos de ébano, lado a lado, sob um dossel vago e alto, uma rede de camuflagem. Ao redor das naves, parecendo brinquedos, via-se árvores dispersas nos limites da Floresta de Viarn.

Agora ele tinha de usar sua audição mental, fosse ela segura ou não. Rocannon ficou parado à sombra de um grupo de árvores e, muito cauteloso, buscou manter olhos e ouvidos atentos ao mesmo tempo, tentando alcançar as naves ovoides, o interior delas, o seu entorno. Em cada uma, descobrira em Breygna, um piloto se mantinha a postos dia e noite para decolar — talvez rumo a Faraday — em caso de emergência.

Emergência, para os seis pilotos, significava apenas uma coisa: que a Sala de Controle, a seis quilômetros de distância, na extremidade leste da base, havia sido sabotada ou bombardeada. Nesse caso, cada um deveria partir com sua nave para um local seguro usando os próprios controles, pois aquelas SL tinham controles como qualquer nave espacial, independentes de quaisquer computadores e fontes de energia externos e vulneráveis. Mas voar com elas era cometer suicídio; nenhuma vida sobreviveria a uma "viagem" a uma velocidade mais rápida do que a da luz. Por isso, cada piloto não era apenas um matemático polinomial altamente treinado, mas um fanático sacrificial. Eram um grupo escolhido. Mesmo assim, permaneciam sentados, entediados e à espera de sua improvável chama de glória. Naquela noite, em uma das naves, Rocannon sentiu a presença de dois homens. Ambos estavam profundamente absortos. Entre eles havia uma superfície plana quadriculada. Rocannon captara a mesma impressão em muitas noites anteriores, e sua mente racional registrava *tabuleiro de xadrez*, conforme sua audição mental passava para a nave seguinte. Estava vazia.

Ele atravessou rapidamente o campo cinza-escuro entre as árvores espalhadas até a quinta nave da fileira, subiu a rampa e entrou pela porta aberta. O interior não era semelhante ao de uma nave de qualquer outro tipo. Era um grande galpão de foguetes e plataformas de lançamento, uma massa de computadores e reatores, um tipo de labirinto apertado e mortal com corredores largos o suficiente para o deslizamento de mísseis destruidores de cidades. Como ela não viajava através do espaço-tempo, não avançava nem retrocedia, não tinha lógica; e Rocannon não conseguia ler a linguagem dos letreiros. Não havia mente viva que ele pudesse acessar para guiá-lo. Passou vinte minutos à procura da sala de controle, metodicamente, reprimindo o pânico, forçando-se a não usar a audição mental para que o piloto ausente não ficasse apreensivo.

Por um instante, quando localizou a sala de controle e encontrou o ansível, ele se sentou diante do objeto e permitiu que seu sentido mental se desviasse para a nave vizinha a leste. Lá, captou a sensação vívida de uma mão hesitante pairando sobre um bispo branco. Ele recuou de imediato.

Observando as coordenadas fixadas para o remetente do ansível, alterou-as para as coordenadas da Base de Levantamento de FOVIALI na Área Galáctica 8, em Kerguelen, no planeta de Nova Georgia do Sul: as únicas coordenadas que conhecia sem consultar um manual. Ajustou a máquina para a transmissão e começou a digitar.

À medida que seus dedos (apenas os da mão esquerda, desajeitados) batiam em cada tecla, as letras apareciam simultaneamente em uma pequena tela preta de uma sala de certa cidade em um planeta a oito anos-luz de distância:

> *URGENTE À PRESIDÊNCIA DA LIGA. A base de naves de guerra SL da revolta dos faradeianos está em Fomalhaut II, Continente Sudoeste, 28°28' Norte, 121°40' Oeste, a cerca de 3 km NE de um grande rio. Base apagada, mas deve ser visível como 4 quadrados de edificações 28 grupos de alojamentos e hangar em campo de foguetes estendendo-se de L-O. As 6 SLs não estão na base, mas a céu aberto a SO do campo de foguetes às margens de uma floresta e são camufladas com rede e absorvedores de luz. Não atacar indiscriminadamente, pois os aborígines não são culpados. Aqui é Gaverel Rocannon do Levantamento Etnográfico de Fomalhaut. Sou o único sobrevivente da expedição. Estou me comunicando pelo ansível a bordo de SL inimiga em solo. Cerca de 5 horas até o amanhecer local.*

Rocannon pretendia acrescentar: "Dê-me algumas horas para sair", mas não o fez. Se fosse capturado ao sair, os faradeianos seriam alertados e poderiam remover as SLs. Desligou o transmissor e reiniciou as coordenadas para seu destino anterior. Enquanto caminhava ao longo das passarelas nos enormes corredores, verificou mais uma vez a nave vizinha. Os jogadores de xadrez estavam de pé e se movendo. Ele começou a correr, sozinho na penumbra, por salas e corredores sem sentido. Pensou ter entrado pelo desvio errado, mas chegou imediatamente à porta, desceu a rampa e saiu à toda velocidade, percorrendo a interminável largura da nave, a interminável largura da nave vizinha e entrando na escuridão da floresta.

Uma vez sob as árvores, não conseguiu mais correr, pois a respiração queimava seu peito e os galhos pretos não deixavam passar a luz da lua. Ele prosseguiu o mais rápido possível, retornando pela margem até o fim do campo de foguetes e depois pelo caminho que havia atravessado antes, com a ajuda do brilho de Heliki em seu ciclo lunar seguinte e, depois de mais uma hora, pela ascensão de Feni. Ele parecia não fazer nenhum progresso através da terra escura, e o tempo estava se esgotando. Se bombardeassem a base enquanto ele estivesse tão próximo, o impacto ou a tempestade de fogo o atingiria, e Rocannon se apressou, com dificuldade, pela escuridão, incapaz de reprimir o medo da luz que poderia explodir às suas costas e destruí-lo. Mas por que eles não vinham? Por que estavam demorando?

Ainda não era dia quando ele chegou à colina de dois picos onde deixara seu corcel-de-vento. A besta, aborrecida por ter sido amarrada a noite toda em uma região boa para a caça, rosnou para ele, que se encostou em seu ombro quente, coçando um pouco a orelha do animal e se lembrando de Kyo.

Quando recuperou o fôlego, montou e incitou o corcel a andar. Por muito tempo, o animal permaneceu agachado como uma esfinge, sem se levantar. Por fim, ergueu-se, protestando com um rosnado sibilante, e caminhou para o norte com uma lentidão enlouquecedora. Colinas e campos, aldeias abandonadas e árvores muito antigas agora eram indistintos ao redor dos dois, mas o corcel-de-vento não quis voar até que a luz branca do sol nascente se derramasse sobre as colinas orientais. Enfim, o animal alçou voo e encontrou um vento conveniente, flutuando através do alvorecer pálido e luminoso. De vez em quando Rocannon olhava para trás. Não havia nada às suas costas, exceto a terra pacífica, a névoa sobre o leito do rio a oeste. Ele ouviu com o sentido da mente, sentiu os pensamentos, movimentos e devaneios dos inimigos, que permaneciam como de hábito.

Ele fez o que pôde fazer. Fora um tolo por pensar que poderia fazer algo. O que era um homem sozinho, contra um povo empenhado em guerrear? Esgotado, mastigando sua derrota, ele cavalgou em direção a Breygna, o único lugar a que precisava ir. Não quis mais saber por que a Liga atrasara tanto o ataque. Eles não viriam. Imaginaram que a mensagem era um truque, uma armadilha. Ou, até onde ele sabia, havia se esquecido das coordenadas: um número errado transmitira sua mensagem para o vazio, onde não havia tempo nem espaço. E foi para isso que Raho tinha morrido, Iot tinha morrido, Mogien tinha morrido: por uma mensagem que não chegou a lugar nenhum. E ele estava exilado ali pelo resto da vida, inútil, um estranho em um mundo estranho.

Enfim, não importava. Era só um homem. O destino de um homem não é importante.

— *Se não for, o que é?*

Ele não podia suportar a lembrança daquelas palavras. Olhou para trás mais uma vez, desviando o olhar da memória do rosto de Mogien e, com um brado, ergueu o braço mutilado para bloquear a luz insuportável, a alta árvore branca de fogo que surgiu, sem som, nas planícies às suas costas.

No estrondo e na rajada de vento que se seguiram, o corcel-de-vento gritou e deu uma guinada, então caiu no chão, aterrorizado. Rocannon apeou e se encolheu no chão com a cabeça entre os braços. Mas não a conseguiu bloquear, não a luz, mas a escuridão, a escuridão que cegou sua mente, o conhecimento que a própria carne tinha da morte de mil homens, todos em um só instante. Morte, morte, morte após morte, ainda que todas de uma só vez, em um só momento, em um só corpo e cérebro, ele. E, depois disso, o silêncio.

Ele ergueu a cabeça, atento, para ouvir, e escutou o silêncio.

EPÍLOGO

Depois de cavalgar pelo vento até o pátio de Breygna ao pôr do sol, ele apeou e parou ao lado do corcel-de-vento; um homem cansado, a cabeça grisalha caída. Todos se reuniram imediatamente em volta dele, as pessoas de cabelos brilhantes do castelo, perguntando o que tinha sido o grande incêndio no Sul, se os mensageiros que vieram das planícies falando sobre a destruição dos Estranhos estavam dizendo a verdade. Era curioso como todos se reuniram em torno de Rocannon, cientes de que ele sabia. Ele olhou para Ganye na multidão. Quando viu o rosto da mulher, redescobriu a fala e disse, hesitante:

— O lugar do inimigo está destruído. Eles não vão voltar aqui. Seu Senhor, Ganhing, foi vingado. E meu senhor, Mogien, também. E seus irmãos, Yahan; e o povo de Kyo; e meus amigos. Estão todos mortos.

Todos abriram caminho para Rocannon, que entrou sozinho no castelo.

Na noite de um dia, alguns dias depois — um crepúsculo azul-claro após a chuva e as trovoadas —, ele caminhava com Ganye pelo terraço molhado da torre. A mulher perguntou se ele deixaria Breygna agora. Rocannon demorou muito tempo para responder.

— Não sei. Yahan vai voltar para o norte, para Hallan, acho. Há rapazes aqui que gostariam de fazer a viagem por mar. E a Senhora de Hallan está esperando por notícias de seu filho... mas Hallan não é minha casa. Aqui não é minha casa. Não sou de seu povo.

Agora, ela sabia algo sobre o que ele era, e perguntou:

— Será que o seu próprio povo não virá procurar por você?

Ele passou os olhos pela bela região, o rio cintilando no crepúsculo de verão, bem ao sul.

— Talvez — respondeu. — Daqui a oito anos. Eles conseguem enviar a morte imediatamente, mas a vida é mais lenta... Quem é o meu povo? Não sou mais o que era. Mudei; bebi do poço nas montanhas. E desejo nunca mais estar onde possa ouvir as vozes de meus inimigos.

Os dois caminharam lado a lado em silêncio, sete degraus até o parapeito; então Ganye, olhando para o baluarte azul e escuro das montanhas, falou:

— Fique conosco.

Rocannon fez uma pequena pausa e respondeu:

— Fico. Por um tempo.

Mas foi para o resto da vida. Quando as naves da Liga regressaram ao planeta, e Yahan orientou um dos levantamentos ao sul de Breygna para encontrá-lo, Rocannon estava morto. O povo de Breygna pranteava a morte de seu Senhor, e a viúva, alta e de cabelos louros, que usava uma grande pedra preciosa azul cravejada em ouro no pescoço, recebeu aqueles que vieram à sua procura. Por isso, Rocannon nunca soube que a Liga tinha dado seu nome àquele mundo.

Este livro foi impresso nas oficinas gráficas da Editora Vozes Ltda.,
Rua Frei Luís, 100 – Petrópolis, RJ.